驟雨・小さな貴婦人

吉行淳之介・吉行理恵 芥川賞作品集

春陽堂書店

『ちいさな貴婦人』で芥川賞を受賞した理恵を囲む兄・淳之介、姉・和子

目次

＊

編集協力――齋藤愼爾
写真提供――吉行和子
装丁――髙林昭太

驟雨

吉行淳之介

ある劇場の地下喫茶室が山村英夫の目的の場所だったが、舗装路一ぱいに溢《あふ》れて行き交う人々の肩や背に邪魔されて、狭い歩幅でのろのろと進むことしか出来ない。日曜日の繁華街は、ひどい混雑だった。しかし、そのことは、彼を苛立《いらだ》たせはしない。うしろに連っている群衆が、彼の軀《からだ》をゆっくりした一定の速度で押してゆく。彼はエスカレーターに乗って動いているような気分でいるつもりだった。

厚いズックの布地を赤と青の縞模様《しまもよう》に染分けた日除《ひよ》けを、歩道に突出している商店が行手にあらわれた。近寄ってゆくと、それは時計屋だった。

約束の時刻は午後一時。彼は店内を覗《のぞ》いて、時計を見ようとした。

夏の終りの強い日射しに慣らされた彼の眼に、店の内部はひどく薄暗かった。壁一面に掛けられた大小形状さまざまの柱時計は、長針と短針があるものは鋭い角度にハネ上り、あるものは鈍角に離れたりして、おもいおもいの時刻を示していた。背後から押寄せてくる人の波は、彼に立止ることを許さない。その壁面に、あわただしく視線を走らせて、正しい時刻を選び出そうとした。そのとき、彼は胸がときめいていることに気付いたのである。

彼は自分の心臓に裏切られた心持になった。胸がときめくという久しく見失っていた感情に、この路上でめぐり逢おうとはまったく予測していなかった。これでは、まるで恋人に会いに行くような状態ではないか。

これから会う筈の女の顔を、彼は瞼《まぶた》に浮べてみた。言葉寡《すくな》く話をして、唇を小さく嚙みしめる癖のある女。伏目がちの瞼を、密生している睫毛《まつげ》がきっかり縁取る。やや興味ある性格と、かなり魅惑的な軀をもった娼婦《しょうふ》。

その女を、彼は気に入っていた。気に入る、ということは愛するとは別のことだ。愛することは、この世の中に自分の分身を一つ持つことだ。それは、自分自身にたいしての顧慮が倍になることである。そこに愛情の鮮烈さもあるだろうが、わずらわしさが倍になることとしてそれから故意に身を避けているうちに、胸のときめくという感情は彼と疎遠なものになって行った。

だから、思いがけず彼の内に這入りこんできたこの感情は、彼を不安にした。

舗装路上をゆっくり動きながら、彼はその女と待ち合せをするに至る経緯を思い返した。

一ヵ月以前、彼は娼婦の町にいた。店の前に佇《たたず》んでいる一人の女から好もしい感じを受けたので、彼は女の部屋へ上った。

煙草《たばこ》に火をつけ、ゆっくり煙を吐きながら部屋のなかを見廻している彼の眼に、小さな額縁のなかの女優の顔が映った。映画雑誌のグラビア頁から切り取られたらしいクローズ・

アップで、レンズを正面から凝視している北欧系の冷たい顔は、その一部分が縦に切り捨てられ、従って片方の眼は三分の一ほど削りとられている。

そのトリミングの方法は、女優の大きな眼に、青白い光を感じさせる効果を挙げていた。娼婦の手によってトリミングされた写真を見ることは、彼にとって初めての経験であった。そして、その娼婦は、大きく見開かれた女優の眼に、青白い光を灯《とも》したのだ。彼女自身の眼のなかに、同じ青白い光を見ようとして、彼は女に視線を移した。その光は、この町とは異質な閃《ひらめ》きを、彼に感じさせたのであった。

女は、しずかに湯呑《ゆのみ》を起して茶を注ごうとしていた。急須《きゅうす》を持上げた五本の指のたたずまいに、女の過去の一齣《ひとこま》が映し出されているのを彼は見た。

「きみ、茶の湯を習ったことがあるね」

「どうして、そんなことをお訊《たず》ねになるの」

鋭い咎《とが》めるような口調でその言葉を言い、続いて、小さく下唇を嚙んだまま女の眼が力なく伏せられた。

彼は、やや興味を惹《ひ》かれた。しかし、それはこの町と女とのアンバランスな点に懸っているので、女をこの地域の外の街に置いて真昼の明るい光で眺《なが》めてみたら、その興味は色《いろ》褪《あ》せる筈だ。むしろもっと娼婦らしい女の方がこの夜の相手として適当だったのだが、と遊客としての彼は感じはじめていた。

やがて下着だけになって寝具の中へ入ってくる女の姿態には、果して娼婦にふさわしくない慎しみ深い趣が窺《うかが》われた。

しかし、横たわったまま身を揉《も》みながら、シュミーズを肩からずり落してしまうと、にわかに女はみだらになった。

鏡の前に坐って、みだれた化粧を直しながら、「また、来てくださるわね」と女は言った。その声は、もはや彼の耳には娼婦の常套的《じょうとうてき》な文句として届いた。そして、女の軀は彼の気に入った。飽きるまでに、あと幾度かこの女の許《もと》に通うことになるだろう、と彼はおもった。

勤務先の汽船会社の仕事で、彼はちょうど翌日から数週間東京を離れなくてはならなかった。

鏡の中で、女は彼を見詰めて言った。

「いつお帰りになるか、旅行先からお手紙をくださいませんか。宛名はね……」

と、女はゆっくりした口調で、娼家《しょうか》の住所と自分の姓名を告げ、「わかりましたね、……ですよ」と、もう一度、彼の記憶に刻み込んでゆくように、一語一語念入りに繰返した。その教え訓《さと》すような口調は、この町から隔絶したなにか、たとえば幼稚園の先生の類《たぐい》を連想させた。一瞬のあいだに自分が幼児と化して、若い美しい保母の前に立たされている錯覚に、彼はふと陥った。

その記憶が旅情と結びついて、彼に手紙を書かせたのである。ある湾に沿った土地の旅館で、彼は待ち合せの日時を便箋《びんせん》に記した。地味な茶色の封筒を選んで、女の宛名を書きつけたが、そのときの彼女の名は、手紙を相手にとどけるための事務的な符号として直ぐ彼の脳裏から消え、女の姿態だけが色濃く残った。一方、彼の心の片隅には、白昼の街にこの女を置いて、先夜娼婦の町において女に感じた余情を、拭い去ってしまおうという気持も潜んでいた。

地下喫茶室の入口が眼に映った。

自分が書き送った一方的な逢い引きの約束を、娼婦が守るかどうかということへの賭《かけ》に似た気持が、このように心臓の鼓動を速くしているのだ、と彼は考えようとした。

彼が地下へ降りて行ったとき、明るく照明された室内の片隅の椅子に、女はすでに坐っていた。地味な和服に控え目の化粧で、髪をうしろへ引詰めた面長な顔の大きな眼に、職業から滲《し》みこんだ疲労と好色の翳《かげ》がかすかに澱《よど》んでいた。

指定の場所へ女が来たことが分った後も、彼の感情のたかぶりは続いていて、女の向い

側に坐って唇を開いたが、気軽に言葉を出し兼ねた。女は、その様子を見て、

「わたし、義理がたい性質《たち》でしょう」

と、くすりと笑いを洩《も》らして言った。そして、相変らず黙ったまま見詰めている男の眼をみると、その言葉の陰翳《いんえい》が相手に伝わらないのを恐れるかのように、一つの挿話をつけ加えた。

「ほとんど毎週、金曜日のお昼にお会いする方があるのよ。いつも、お魚の料理を食べに連れていってくれるの。ちょび髭《ひげ》の、肥った人でね、とってもお人好しなの」

女の顔を見詰めたまま話を聞いていた彼は、無表情を装って、

「そう、それは結構だ」

と答えたが、心の中では、「これでは、まるで求愛をして拒絶されたような按配《あんばい》だ」と呟《つぶや》いていた。そして、先刻時計屋の店頭で不意に彼の内部に潜りこんできた感情が、このような終点に辿《たど》りついたことに、ふたたび驚かされていた。

下駄《げた》穿《ば》きの気楽な散歩の途中、落し穴に陥ちこんだ気持に、彼はなっていた。

山村英夫は大学を出てサラリーマン生活三年目、まだしばらく独身でいるつもりだった。明るい光を怖れるような恋をしたこともあったが、過ぎ去ってみればそれも平凡な思い出

のなかに繰入れられてしまっていた。

現在の彼は、遊戯の段階からはみ出しそうな女性関係には巻き込まれまい、と堅く心に鎧《よろい》を着けていた。

そのために、彼は好んで娼婦の町を歩いた。娼婦との交渉がすべて遊戯の段階にとどまると考えるのは誤算だが、赤や青のネオンで飾られた戦後のこの町に佇《たたず》んでみると、その誤算は滅多に起らない気分になってしまう。以前のこの地帯の様相には、人々に幻影を育《はぐく》ませる暗さと風物詩になる要素があった。しかし、現在のこの町には、心に搦《から》みついてくる触手がない。そして、ダンサー風の女たちは、清潔に掃除されピカピカ磨き上げられた器械のように、店頭に並んでいる。

このような娼婦の町を、肉体上の衛生もかなり行届いているとともに、平衡を保とうとしている彼の精神の衛生に適《かな》っていると、彼は見做《みな》していた。

この町では、女の言葉の裏に隠されている心について、考えをめぐらさなくてはならぬ煩わしさがない。たとえば、「あなたが好き」という女の言葉は、それに続く行為が保証されている以上、そのまま受取っておけばよいわけだ。

その彼の心が、眼の前の女の言葉によって動揺させられていることは、彼にとっては甚だ心外な出来事なのであった。

最初、無表情を装っていた彼の眼は、いまは波立っている彼自身の内部を眺めはじめたので、その視線は女の上に固定されたまま全く表情が窺われなくなった。

「そんなに、じっと顔を見ては厭《いや》」

その言葉で、外側へ呼び戻された彼の眼に、女の白い顔が浮び上った。

「どうして」

「あなたとお会いしていると、恥ずかしいという気持を思い出したの」

「なるほど、それはいい文句だ。商売柄いろんな言葉を知っているね」

その言葉を、彼は軽い調子で口に出すことができたので、二人のまわりの空気がゆらいでほぐれていった。

やっと彼は、遊客という位置に戻ることが出来たので、それからの会話はなだらかに進んでいった。といっても、彼が女の身の上話を求めたりしたわけではない。彼はむしろ、明るい猥談《わいだん》の類を話題にした。

その話題が一層女の心を解いて、彼女も娼家に現れた人間ポンプのことを話した。「人間ポンプ」というのは、特殊な胃袋を観《み》せものにして舞台に立っている男で、呑みこんだガソリンに点火して唇から火焔《かえん》を吐いたり、幾枚も次々と胃の腑《ふ》へ納めた剃刀《かみそり》の刃を重ね合せて口から取出したりするのである。

そして、彼女の話は、主にその男の異常体質に関してであった。その話を聞いているうちに、彼は女が露骨な言葉を使うのを巧みに避けていることに気付いた。そのことは話の猥雑《わいざつ》な内容と奇妙に照応して、官能的な効果をあざやかに彼の心に投げかけた。

彼は次第に寛《くつろ》いだ気持になったつもりだった。みだらになったときの女の姿態がふと脳裏を掠《かす》めた。軽薄な調子で、言葉が出ていった。

「きみは面白い女だな、僕の友人たちを紹介しようか」

女はにわかに口を噤《つぐ》んで、睫毛《まつげ》を伏せてしまった。寂しい顔がよく似合った。

自分の言葉がフットライトとなって、女の娼婦という位置をその心のなかに照らし出したことが、女をにわかに沈黙させたのだ、と彼は気付いた。しかし、眼の前の女が彼一人で独占できない、多くの男たちを送り迎えしている軀であることを、今更のように自分自身に納得させようという気持も、その言葉の裏に潜んでいたのだ。そのことには、女と別れたあとで彼は気付いた。

ふたたび訪れた沈黙を救おうとするように、あるいはそれに抵抗するかのように、女はゆっくりした口調で話しはじめた。

「こういうこと、どう考えますか。たとえば、わたしがあなたを好きだとしてね、あなたに義理をたてて、次にお会いするときまで操を守っておくことが出来るかどうか、ということ」

操を守っておく、という表現の内容はすぐには分らなかった。娼婦の場合、それはオルガスムスにならぬようにする、と考える以外には解釈のしようがなさそうである。

娼婦には、唇をあるいは乳房を神聖な箇所として他の男に触れさせずに、愛人のために大切に残しておく例がしばしばある。しかし、オルガスムスをとって置くということは、娼婦の置かれている場所が性の営みに囲繞《いじよう》されているだけに、彼の盲点にはいっていたようだ。

新鮮な気分が彼の心に拡がっていった。と同時に、かすかな苛立ちをも感じた。

「そんなことは出来ないだろう」

「そう、やっぱりあなたはオトナね。だから好きよ」

あなたが好き、女のそんな言葉がまたしても彼の心にひっかかってくる。彼は膨れあがってくる想念に捉《とら》われはじめた。

操を守っておくためには……、他の男の傍で快感が軀に浮び上ってくると、彼女はそれが高潮してゆくのを抑えようとする。そのときには必ず、愛する男の姿が女の脳裏に浮ぶ筈だ。あたかも身を守る楯《たて》であるかのように、密着している他の軀との間にその男の姿をすべり込ませて、彼女は迫ってくるものを禦《ふせ》ごうとし、自分の内部で湧き上るものを抑えようとする。他の軀からそそぎこまれようとする快楽の量と愛する男の幻影とがしばらく拮抗《きっこう》し、ついに愛人の面影の周囲がギザギザになり、やがて罅割《ひびわ》れて四方へ淡く拡散してしまう。

その想像から、えたいの知れない苦痛を感じて、彼はおもわず、

「操を守ってもらうような男にはなりたくない」

と呟くと、口説かれた女が巧みに相手をそらすように、女はかるく笑って、言った。

「あら、ずいぶん取り越し苦労をしてるのね」

その言葉は彼を不快にした。単なる娼婦の言葉が自分の心を傷つけているという事実が、一層彼を不快にした。彼の心は、それに反撥《はんぱつ》した。

彼は、もう一度、女をはっきり娼婦の位置に置いてみなくてはならない、と考えた。女をホテルに誘って、その軀を金で買ってみよう。

彼はそのとき、女の眼が濡れた光におおわれているのに気付いた。巧みに相手をそらすような言葉とは釣合《つりあ》わぬものが、その光にある。恋をしている女の眼の光に似ていた。彼は不安になり、そして不安になった自分に擽《くすぐ》ったい気持を覚えた。いままでの話題が、女

の欲情を唆《そそ》ったまでのことなのだろう、煽情《せんじょう》された光なのだろう、と彼は女を見詰めた。

女は彼の視線に気付き、軽く唇を嚙むと下を向いて乱れた呼吸をととのえていたが、急に顔をあげると笑い声をたてた。

その声は、周囲のテーブルの人々が振向くほど、華やかで高かった。

しかし、その笑い声は不意に消えて、ふっと寂しい表情が女の顔を覆った。その顔を見て、喉《のど》もとまで出かかっていた誘いの言葉が、彼の唇でとどまった。目に見えぬ掌が彼の口に押当てられて、出てゆこうとする言葉を阻《はば》んでいるかのようだった。このとき彼は、相手が軀を売る稼業の女であることが、かえって女をホテルへ誘うことを躊《ため》らわせているのを感じていた。

ともかく戸外へ出よう、と彼は思った。

女を促して立上ると、裏の出口へ向った。この地下の喫茶室の裏口は、狭いコンクリートの階段が細い裏通りに口を開いていた。

喫茶室の内部からの視線も遮《さえぎ》られている人気ない階段の下に佇《たたず》んだ女は、彼の顔をちょっと窺《うかが》い、小走りに一息に駆けあがってしまった。下駄の乾いた音が、あたりの堅い壁に反響した。短冊形に外の光が輝いている出口に、逆光を受けて佇んでいた女は、彼がゆっくりと昇ってくるのを待って、

「今度お会いするまで、わたし、操を守っておくわね」

とささやくと、微笑《ほほえ》みを残して急ぎ足に去っていった。取残された彼の心に、このときはっきりと、女が固有名詞となって這入りこんできた。海浜の旅館で彼が書き記した封筒の宛名のなかの「道子」という女の名が、ぽっかり彼の瞼に浮び上ってきた。


晩夏から秋が深くなるまでの約一ヵ月半の間、山村英夫はかなりの回数の朝を、道子の部屋で迎えた。

そのために必要とした金の遣《や》り繰りのために、彼は月給の前借をしたり、曾祖父から伝わった「水心子正秀」の銘刀を金に替えたりした。但し、この刀に関しては、女のために先祖伝来の品を手離すという気持ではなく、彼には山村家の家系を自分で断絶してしまおうという密《ひそ》かな気持があって、その方へ力点が懸っているのだと、自分の行為を解釈していた。

だが、金を工面して女のところに通ったという事実は、動かせない。そして、それはすべてあの日曜日の別れ際に道子がささやいた「操を守っておく」という言葉のせいだ、と彼は考えようとした。

その言葉は、彼を苛立たしい気分にさせた。その苛立たしさは、道子の言葉によって導き出される風景から与えられる、肉体的な不快感であると彼は思った。彼自身の影像が道子と見知らぬ男との肉体の間に挟まれて、あるいは圧縮されあるいは拡散しかかっているあの風景。その不快感から脱《のが》れるためには、道子の傍の見知らぬ男たちを排除して、彼自身がずっとその位置にいる以外に方法はなかった。

彼はその苛立たしさを、あくまでも生理的なものに見做《みな》そうとしていたが、しかしそれだけでは済みそうにない症状が次第に濃厚にあらわれはじめた。

午後十一時。

この夜も、彼は道子の部屋へ泊ろうとして娼家の入口に歩み寄っていった。

店頭に佇んでいる女たちは彼の顔を見覚えて、誘いの声をかけることはなくなっていたが、目立って背の高い女が、傍を通り過ぎて店内へ入ってゆこうとする彼の耳もとでささやいた。

「ちょっと。頸《くび》すじのところをつまんでくれない。はやくお客があるおまじないにさ、あんたにやってもらうと縁起がいいのよ」

彼は立止って、肩先までかかっている女の髪を持ちあげた。漆黒の豊かな毛髪が、人の好さそうな平凡な顔を縁取っていた。

頸すじの筋肉をつまみ上げながら、

「どうして、僕だと縁起がいいのだい」

と、彼は訊《たず》ねてみた。

「どうしてもさ」

「それなら、もっと縁起のいいように、お尻を撫でておいてやろうか」

「バカ、おねえさんに叱られるよ」

道子がこの店へ来てから、すでに二年間が経っている。一方、女たちの移り変りは激しいので、彼女はこの店での最古参になってしまった。したがって、他の女たちからは「おねえさん」と呼ばれていたが、その女の口調には、そのためばかりでない好意が感じられた。

約十分後、風呂へはいるために彼と道子が階下へ降りてゆくと、その背の高い女が面映《おもはゆ》げな若い男を従えて、意気揚々と登ってくるのに出逢った。

女は片眼をつぶって彼に合図をおくり、狭い梯子段《はしごだん》の途中ですれ違いざま道子の腰を強く掌で叩いた。道子の笑い声が、華かに彼の耳をうった。

風呂から上って先に部屋へ戻り、窓に腰をおろして街の光景を見下していた彼に、道子は黙って冷たい牛乳瓶を手渡すと、

「ね、またしばらくつきあって」

と言いながら、ダイスの道具を取出した。

その夜は、彼には悪い目ばかり出た。一方道子は大そう運がついていた。五つの骰子《さい》が、机の上で乾いた音をたてて転がって止ると、何かしら役のついた骰子の目が並んでいるのだ。

彼女は興に乗って、幾度も繰返して骰子を振りつづけている。

不細工に大きい木製の骰子を五つ、ボール紙の筒のなかへ入れて、小さい机の上に振出す。女はすでに、かなりの額の貯金を持っているらしい。部屋の調度品も、よく選ばれたものを揃えていたし、いま骰子を転がしている机も紫檀《したん》であるが、このダイスの道具だけは粗末だった。

もしこの遊戯の道具も金のかかった品であった場合、彼女の身をとりまく侘《わび》しさはかえって深いのではなかろうか。彼は次第に、輪郭がはっきり定まらない、とりとめのない物思いに捉《とら》われていった。

街では、舗装路をひっきりなしに歩む遊客の靴音と、男を誘う女たちの嬌声《きょうせい》が、執拗《しつよう》に繰返される主旋律のように響いていた。

にわかに、罵《ののし》りあう声が、街の一角から巻起った。彼の物思いは、破られた。

悪罵《あくば》のなかから、飛び抜けて鮮明な女の声が浮び上って、

「どうせ、あたしは淫売《いんばい》だよッ」

と叫んだ。続いて、男の濁った声が、

「へえ、おまえ淫売だって。インバイて、いったいどんなことをするんだい」

「ヘン、そんなこと知らないのか。淫売てのはね」

と、そこで女の声が詰った。

彼はひどく切迫している自分の心を知った。彼には、道子の顔が正視できない。伏せた眼に、机の上の骰子の目が映ってくる。四つの骰子が1、残りの一つが5を示している。数秒前、彼女が振った骰子なのだ。

街全体がにわかに静寂になって、次の言葉を待っているように思えたとき、戸外の女の声が急に勢づいた語調でふたたび叫びはじめた。

「そりゃあ、淫売てのはね」

彼は、彼自身がこれから定義されるかのように緊張した。甲高い女の声が、次の言葉を発した。

「そりゃね、インをバイするのさ、ハハハハ」

「アッハッハ」

酔っているらしい相手の男の明け放しの笑い声が続いて、室内の彼の緊張は急速にとけていった。

彼は、5の目の骰子を素早く親指の腹で押して、1の目に変えると、

「おい、きみ、すごい目が並んでいるじゃないか」

と、道子の肩をかるく押した。

「あら、わたしぼんやりしてしまって……。まあ、すてき。全部1じゃないの」

そう言ってから、道子は大きな笑い声を立てた。その笑い声は、平素と同じく暗い翳《かげ》のない華かさだった。しかしこの場合、声に籠《こも》った量感は、彼女の笑い声から暗い翳を拭い去るためのもののように思えて、かえって佗しく彼の耳に響いた。

別の日の朝、九時過ぎ。

彼は道子と一緒に、娼家の裏口から出ようとしていた。

道子の部屋に泊った翌朝は、彼は一層怠惰な会社員になり、彼女とともに朝の街へ出てコーヒーとトーストを摂《と》ってから、十一時近くに出社する。

狭い路地で道子と軀を押合うようにしながら背を踞《かが》めて、裏木戸を開けようとしていると、外側から戸がひらいて彼の眼前に老人の顔があった。扇形に拡げた幾冊かの薄い印刷物をもった手を煽《あお》ぐように上下させながら、皺《しわ》にかこまれた口をすぼめて、来年の運勢暦

だから買ってくれ、といった。

不意を打たれて恥じらった彼の目に、冊子の表紙に印刷されている「何某易断所本部」とか「家宝運勢暦」とか筆太の文字が映ると、おもわずポケットの金を探って買ってしまった。道子が肩越しに覗《のぞ》きこんで、はやく自分の運勢を調べてくれ、といった。彼は歩みを遅くして、その冊子をめくって彼女の星を探した。そのときはじめて、道子が四つ下の年齢であることを知った。

道子の運勢の載っているページを探しているとき、自分では全くこのような暦を信じていないのにもかかわらず、彼は良い星を彼女のために願っているのに気付いた。

この時刻の娼婦の町には、人影はほとんど見られない。毛の短い白い犬が彼の方へ首を向けて、短く吠《ほ》えた。その声がガランとした街に、深夜の鳴声のように反響した。

街はネオンに飾られた夜とはまったく変貌《へんぼう》して、娼家はすべて門口を閉し、化粧を落し、疲れて仮睡《まどろ》んでいる。夜には無かった触手がその街から伸びてきて、彼の心に搦《から》みつこうとする。このときの彼の眼には、道子が昔ながらの紅灯《こうとう》の巷《ちまた》に棲《す》む女、大時代な運勢暦に一喜一憂する女として映り、その女の心を慮《おもんぱか》って彼は道子に良い星を願ったのであろうか。

ともかく、この彼の心は、道子へ向ってはっきりした傾斜を示していた。運勢暦の、彼女の年齢が当っている「九紫火星」のページに、大盛運という活字と、真白い星印を見たとき、彼は安堵《あんど》の感を覚えた。

九紫火星の欄には、さらに旭日昇天《きよくじつしようてん》という文字とともに稚拙な挿絵がついていて、水平線上に輝いている朝日に向って勇ましく進んでいるポンポン蒸気のような船が描かれてあった。

道子はそれを見て、「ずいぶん、ハデな絵ねえ、来年はいくらかいいことがあるのかしら」と、控え目の笑顔を示した。彼はこのとき初めて、彼女の笑い声に哀切な翳を見たように思った。

それでも、喫茶店の椅子に坐ったときには、道子の口はほぐれて、「はやくこの商売から抜け出したい」と語りはじめた。

「ママさんにはね。どこかの支店を委《まか》せるからやってみないかって、言われているのだけど、どうせ廃《や》めるのならキッパリ縁を切りたいの。貯金がもっと出来たら、花屋さんやろうかと思ってる。うんとお金があったら、お湯屋さんの方が儲《もう》かるそうだけど。手相を観《み》てもらったら、わたしやっぱり水商売に向いてると言われたけど、お湯屋さんて水商売のうちかしら」

と言って、彼女はいつもの華やかな笑い声をひびかせた。

彼は、道子のいなくなった町を思い浮べてみた……。

そのときは、自分は道子の花屋へ何の花を買いに行くだろう。だんだらのチューリップなどが陽気でよい。銭湯を開業したら、手拭とシャボンをもって一風呂浴びに行くわけか。

彼の耳に、ふたたび道子の声が聞えてくる。

「一度廃めたら決して戻ってこないようにしたいわ。廃めたひとたちのほとんど全部が、また戻ってきていますものねえ。そんなことになったら、わたし、自分に恥ずかしいの」

そして、彼女は眼を伏せ、呟くように言った。

「つらい、ことですわねえ」

別れて、電車に乗り、座席に坐って先刻の道子との会話をぼんやり反芻《はんすう》しながら手に持っていた運勢暦の彼自身の星を探してみた。四緑《しろく》木星、小衰運という星で、故障した自動車の下に仰向けに這《は》い込んで修繕している男の絵が載っている。『本年貴下は本命年になりました。俗に八方塞《ふさ》がりといいますが……、云々《うんぬん》』という文字を拾い読みながら、先刻道子のために暦を開こうとしたとき自分の心に動いたものについて、彼ははじめて考えをめぐらせはじめた。

そのとき、隣席から話しかけてくる声が、彼の物思いを断ち切った。

「珍しいものをお持ちですな。お若いのにおめずらしい、御研究になっているのですか」

首をまわしてみると、古びた詰襟《つめえり》の服を着た中年の男が、落ち窪《くぼ》んだ眼窩《がんか》のなかで眼を光らせていた。

彼は曖昧《あいまい》に、いや別に、と答えた。しかし、以後終点までどうやら偏執的なところの感じられるその男から、運命の神秘についての退屈な講義を聞かされ続けなくてはならなかった。

十月も末に近づき、山村英夫のいる事務室の窓からは、鈴懸《すずかけ》の街路樹がその葉群のてっぺんを、黄ばんだ包に変えてゆくのが見られた。

その季節のある朝、出社した彼が少女の淹《い》れてくれた熱い茶を飲みながら新聞を眺《なが》めていると、隣席の古田五郎が白い角封筒をさしのべてきた。

古田五郎――。その男と山村英夫とは、麻雀の打合せとか、悪事の相談とかのときには円滑に会話が弾むのであったが、それが済んでしまうと沈黙がやってくる。

山村英夫は、この男と同じ範疇《はんちゅう》の語彙《ごい》で会話できるのは麻雀と娼婦についてだけだ、と考えていたが、数ヵ月以前から娼婦についての話題は彼等の間から除かれた。それは、古田五郎に社の重役の娘との縁談が起ったためだ。彼はその縁談にすこぶる熱心で、にわかに素行を慎みはじめたのである。一方、その縁談によって出世の約束下形をポケットへ入れることが出来たかのように、以来彼の同僚にたいする態度は横柄《おうへい》になった。

白い封筒をはさんだ古田の指に、金の婚約指環が光った。果して、封筒からは金縁の堅い紙片があらわれて、古田五郎と何某の次女何子とが十一月△△に結婚披露宴を行う旨《むね》が、印刷されてあった。

「君には、社の同僚代表ということで出席してもらいたい」

「出席するよ」

古田五郎は、ゆっくりした大きな動作で腕をうごかしてロイド眼鏡を外し、水色の縞《しま》のはいったハンカチでレンズを拭きながら、凝《じ》っと上目使いで相手を見て、

「ところで、服装は背広でも結構だが、式服ならそれに越したことはない。なにせ、相手の家があのとおりなんでね、ハッハッハ」

人間の男の充足した表情をあらわに示して笑っている顔を、ぼんやり眺めながら、山村英夫は「このようにして、また一組の夫婦が出来上ってゆくのだな」と感じていた。

その華燭《かしょく》の宴が迫ったある午後、関西の造船所と連絡しなくてはならぬ急用が出来て、山村英夫はにわかに出張することになった。

披露宴の前夜までには帰京できるように予定をつくりながら、独身者の気軽さで鞄《かばん》にタオルを入れただけの旅仕度をして、彼はそのまま東京駅へ向った。

古田五郎の結婚式の前夜、予定どおり旅行から戻ってきた山村英夫は、娼家の一室にいた。

道子は彼と一緒に風呂へ入り、煤煙《ばいえん》で汚れた彼の髪の毛に石鹸《せっけん》を二度つけ直して、丁寧に洗ってくれた。道子が彼にたいして抱いている感情の基調をなしている好意は、この日は上昇して恋慕の情に近くなっているかのような風情《ふぜい》が、彼女の態度から窺《うかが》われた。

それは、彼が身につけて持ち帰った旅のにおいが、道子の感傷を唆《そそ》ったためであったかもしれない。しかし、彼女のこのような状態に気を許してはいけない。たとえば、ある夜、彼は道子と数日後の正午にあの地下喫茶室で待ち合せて、映画を観にゆく約束をした。道子が忘れないように、壁に懸っている製薬会社の大きなカレンダーの約束の日付の上に、彼は鉛筆で印をつけようとした。そのとき、道子は彼の手をそっと抑えてこう言った。

「あら、いけないいわ。ほかのお客さんがヘンに思うから」

彼は部屋に、戻って、窓に腰かけた。

道子の部屋は、二階からさらに短い階段を昇った中三階にあって、そこから彼は町のたたずまいを見下ろした。この町を歩いている男たちは、大部分が靴を履いた背広姿である。女たちはほとんど洋装で、キャバレーの女給と大差ない服装だ。

高い場所から見下ろしている彼の眼に映ってくる男たちの扁平《へんぺい》な姿、ゆっくり動いていた帽子や肩が、不意にざわざわと揺れはじめた。と、街にあふれている黄色い光のなかを、燦《きらめ》きながら過ぎてゆく白い条《すじ》。黒い花のひらくように、蝙蝠傘《こうもりがさ》がひとつ、彼の眼の下で開いた。

町を、俄雨《にわかあめ》が襲ったのだ。大部分の男たちは傘を持っていない。

色めき立った女たちの呼声が、地面をはげしく叩く雨の音を圧倒し、白い雨の幕を突破った。

「ちょっと、ちょっと、そのお眼鏡さん」

「あら、あなたどこかで見たことあるわよ」

「そちらのかた、お戻りになって」

めまぐるしく交錯する嬌声。しかし、その誘いの言葉は、戦前の狭斜《きょうしゃ》の巷について記した書物に出てくる言葉からほとんど変化していないことに、彼は今はじめてのように気付いた。

彼はその呼声を気遠く聞きながら、夜はクリーム色の乾燥したペンキのように明るいだけの筈であるこの町から、無数の触手がひらひらと伸びてきて、彼の心に搦みついてくるのを知った。

夜のこの町から、彼ははじめて「情緒」を感じてしまったのである。

すっかり脂気《あぶらけ》を洗い落してしまった彼の髪は、外気に触れているうちに乾いてきて、パサパサと前に垂れ下り、意外に少年染《じ》みた顔つきになった。

その様子をみた道子の唇から、

「はやく、あなたに可愛《かわい》らしいお嫁さんを見付けてあげなくてはね」

という言葉が出ていった。

しかし、道子は「可愛らしいお嫁さん」を見付けられる環境には置かれていない。その言葉の意味は何なのだろう。

彼は疑い、そしてたじろぐ気持も起ってきた。その間隙に不意に浮び上ったものがある。

「そういえば、明日は古田五郎の婚礼で、僕も出席するわけだった。それもなるべくモーニングを着てという次第だ」

脳裏に浮んだこの光景は、彼の顔に曖昧《あいまい》な苦笑を漂わせた。

その笑いを見て、道子は言った。

「あら、あなた、もう奥さんがおありになるのね」

彼はおどろいて、女の顔を見た。女の眼は、濡れていた。

たやすく軀を提供するだけにかえって捉《とら》え難い娼婦の心に、触れ得たのかという気持が彼の胸に拡がっていった。

甘い響をもった声が、彼の唇から出ていった。

「バカだな、僕はまだ独身だよ」

道子は不意を打たれた顔になった。

かがやきはじめた女の瞳をみて、彼の心は不安定なものに変っていった。


道子の傍で送ったその一夜は、夢ばかり多い寝ぐるしいものだった。

その夢のひとつで、彼は道子を愛していた。それまで道子が娼婦であることが彼の精神の衛生を保たせていたのだが、ひとたび彼女を愛してしまったいまは、そのことがすべて裏返しになって、彼の心を苦しめにくるのだった。


瞼《まぶた》の上が仄《ほの》あたたかく明るんだ心持で、彼が眼を開くと、あたりには晩秋の日光が満ちていて、朝の装いをして枕もとに端坐《たんざ》している道子と視線が合った。彼女は眩《まぶ》しそうな優しい笑顔を示して立上ると、彼に洗面道具と安全剃刀《あんぜんかみそり》を渡して、言った。

「はやくお顔を洗っていらっしゃい」

ずっと以前から道子という女とこのような朝を繰返している錯覚に、彼は陥りかかった。

しかし、階下の洗面所から再び部屋へ戻って、乱れている髪を整えようと、櫛《くし》を探すため鏡台の引出しを開けたとき、そこに入っていたものが彼の眼を撲《う》った。使い古した安全剃刀の刃が四枚、重なり合って錆《さ》びついているのだ。

その四枚の剃刀の刃から、数多くの男の影像が濛々《もうもう》と煙のように立昇り、やがてさまざまの形に凝結した。道子に向って、あるものは腕をさしのべ、あるものは猥《みだ》らな恰好《かっこう》をした。

はげしく揺れ動くものを、自分の内部に見詰めながら、彼は何とかして平静を取戻そうとした。しかし、鋭い鉤《かぎ》が打込まれているのを、認めないわけにはいかなかった。それでも、彼はその状態から逃れ出そうと企《たくら》んでいた。

道子は、駅まで送ってゆく、と言った。二人の吐く息が白く、道路の改修工事で掘りかえされた土に霜柱が立っていた。十一月中旬のこの朝としては、おそらく例年にない低い気温なのであろう。途中、繁華街に並行した幅広い裏通りの喫茶室に、二人は立寄った。

ヒュッテ風の建物の階上へ昇ってゆくと、室内には午前の光がななめに差し入って、光の縞《しま》のなかで細かい塵埃《じんあい》がキラキラ舞っていた。窓際の席に一足さきに歩み寄った彼は、光を背にした位置を占め、前の椅子に道子のくるのを待った。

前の椅子の背には、日光がフットライトのように直射していた。何気なく、道子が彼と向い合って腰をおろしたとき、明るい光が彼女の顔を真正面から照らし出した。

彼は企んでいたのである。皮膚に澱《よど》んだ商売の疲れが朝の光にあばきだされて、瞭《あきら》かな娼婦の貌《かお》が浮び上るのを、彼は凝《じ》っと見詰めて心の反応を待っていた。

眩しさに一瞬耐えた道子の眼と、彼の眼と合った。彼女は反射的に掌で顔を覆い、その姿態のまま彼の傍に席を移すと、ゆっくり腕をおろし、やがてハンカチでかるく頬をおさえながら、

「コーヒーちょうだい」

と、低い声で給仕に呼びかけた。

背けた視線を窓の外へ向けた彼は、道子が彼の企みに気付いたのかどうか、思いめぐらしていた。「ただ眩しかっただけなのだ、この密《ひそ》かな企みに気付くなんて、そんなことがあり得るだろうか」

そのとき、彼の眼に、異様な光景が映ってきた。

道路の向う側に植えられている一本の贋《にせ》アカシヤから、そのすべての枝から、夥《おびただ》しい葉が一斉に離れ落ちているのだ。風は無く、梢の細い枝もすこしも揺れていない。葉の色はまだ緑をとどめている。それなのに、はげしい落葉である。それは、まるで緑いろの驟雨《しゅうう》であった。ある期間かかって少しずつ淋しくなってゆく筈の樹木が、一瞬のうちに裸木と

なってしまおうとしている。地面にはいちめんに緑の葉が散り敷いた。

道子は、彼の視線を辿《たど》ってみた。

「まあ、きれい、といっていいのかしら……。いったい、どうしたのでしょう」

「たぶん、不意に降りた霜のせいだろう」

と彼は答えながら、その言葉を少しも信じようとしない自分の心に気付いていた。

彼は、今夜はなるべく黒っぽい背広に着かえて、隣席の同僚の華燭の宴に出席することにしよう、と物憂く考えた。


披露宴は滞りなく終り、満悦の表情を隠さず示した古田五郎は、新婦を伴って熱海へ発《た》っていった。

東京駅のプラットホームに取残された山村英夫は、道子という女に向って傾斜している自分の心を見詰めて、しばらく佇《たたず》んでいた。

彼は街へ出て、映画を一つ観た。その外国映画には、キラリと光る鋭さを地味な色合の厚い布でおしつつんだような演技を示す女優が主演していた。そのJ・Jという女優が道子に似ていると、彼は以前から思っていた。以前にそのことを彼が告げたとき、道子は、「わたしは誰にも似ていなくていいの。わたしは、わたしだけでいいのです」と言った。その言葉には、昂然《こうぜん》とした語調は伴っていなかった。彼は狼狽《ろうばい》して、「贅沢《ぜいたく》を言うなよ。J・Jぐらいで我慢して置きなさい」と笑いに誤魔化そうとしたのであったが。

映画館から出て、しばらく一人で酒を飲んでいたが、やがて彼の足は、あの道子の棲《す》んでいる、原色の色彩が盛り上り溢《あふ》れている地帯へと向いていた。

午後十時、彼が道子の娼家へ着いたとき、彼女の姿は見えなかった。呼んでもらうと、しばらくして横の衝立《ついたて》の陰から道子の顔があらわれた。

軀は衝立のうしろに隠れ、斜にのぞかせた顔と、衝立を摑《つか》んだ両手の指だけが彼の眼に映った。ちらりとあらわになった片方の肩からは、あわてて羽織った寝巻がずり落ちそうになっていた。

道子は、ささやくような声で言った。

「いま、時間のお客さんが上っているの。四十分ほど散歩してきて、お願い」

それから彼の顔をじっと見詰めて、曖昧な笑いを漂わせながら、

「ほんとうは、今夜は具合が悪いんだけど。わたし、疲れてしまったの。さっき、自動車で乗りつけてきた人が、ホテルへ行こうというの。初めての人だったけど、面白半分、行ってみたらねえ……、とっても疲れちゃったの。だって、あなたがくるとは思わなかったんですもの。今朝、お別れしたばかりだったから」

この四十分間の散歩ほど、彼のいわゆる「衛生」に悪いものはなかった。縄のれんの下った簡易食堂風の店に入って、彼はコップ酒と茹《ゆ》でた蟹《かに》を注文し、そこで時間を消そうとした。しかし、蟹の脚を折りとって杉箸《すぎばし》で肉をほじくり出しているうち、自分の心に消しがたい嫉妬《しっと》が動いているのを、彼は鮮明に感じてしまった。

それは明らかに、道子という女を独占できないために生じたものだった。道子を所有してゆく数多くの男たち。彼女のしとやかな身のこなしと知的な容貌《ようぼう》から、金にこだわらぬ馴染客《なじみきゃく》も多いそうだ。

娼婦の町の女にたいして、この種の嫉妬を起すほど馬鹿げたことはない。それらは当然の事柄《ことがら》として、女に付随しているものなのだ。理性ではそう納得しながらも、嫉妬の感情はすでに動かし難く彼の心に喰い入っていた。

この場に及んでも、彼はその感情を、なるべく器用に処理することを試みた。「嫉妬を飼い馴らして友達にすれば、それは色ごとにとってこの上ない刺戟物《しげきぶつ》になるではないか」

二杯目の酒を注文した彼は、寛大な心持になろうとして、次のような架空の情景を思い浮べた。……それは、道子に馴染んだ男が数人集って、酒を酌《く》みかわしているのである。

「いや、なんとも、あの妓《こ》はいい女でして」「まったくお説のとおりで、これをご縁にひとつ末長くおつき合い願いたいもので、ハッハッハ」……そんな馬鹿げたことを空想している彼の脳裏に、ぽっかり古田五郎の顔が浮び上った。

いま、彼の頭のなかで響いた「ハッハッハ」という笑い声は、古田五郎が商取引のとき連発する笑い声の抑揚であったからである。

「あの男なら、やり兼ねないことだ」と考えると同時に、彼の心象の宴会の風景は、みるみるうちに不快な色を帯びはじめた。

酔いは彼の全身にまわっていた。

捥《もぎ》られ、折られた蟹の脚が、皿のまわりに、ニス塗りの食卓の上に散らばっていた。脚の肉をつつく力に手応えがないことに気付いたとき、彼は杉箸が二つに折れかかっていることを知った。

第三十一回芥川賞選評

昭和二十九年上半期

授賞作「驟雨」その他　吉行淳之介
候補作「遠来の客たち」　曾野綾子
「耳の中の風の声」　野口冨士男
「近所合壁」　江口榛一
「黒い牧師」「桃李」「団欒」　庄野潤三
「村のエトランジェ」　小沼　丹
「競輪」　富士正晴
「半人間」　大田洋子
「星」「殉教」　小島信夫
「土佐日記」　鎌原正巳
「引越前後」　曾田文子
「たき女抄」　松谷文吾
「その掟」　川上宗薫

石川達三

委員会の翌日、もう一度（驟雨）を読んでみたが、私には満足できなかった。吉行君には気の毒だが、この当選作について世評は芳しくあるまいと想像する。もしも世評がこの作品を認めないとすると、それは銓衡委員会と読書界とのずれであるという事になる。しかし当選と定ったからには今後の吉行君の努力、殊に文学態度についての反省を望みたい。

私の考えでは（村のエトランジェ）（遠来の客たち）（その掟）この三つの中だと思っていた。殊に後の二つが有力だと信じていた。ところがこの二つを支持したのは丹羽君と私だけであったのは意外だった。作家としての力倆から言えば（その掟）が第一だ。しかしこういう感覚的な描写が案外委員に支持されていないということを知ったのは、私にとって一つの勉強になった。だが、この作者は必らず伸びる。作者が落選に失望しないことを望む。

いつも委員会で丹羽君と私とは不思議に意見が違うのであったが、今回は、（遠来の客たち）の新しさについて、私と丹羽君だけが強く認めたのに、他の誰もが認めなかった。この喰い違いは研究されなくてはならない。私の考えでは、これこそは戦後のものであって、私には舟橋君にも宇野浩二さんにも書けない新しい性格の文学だと思う。それを作者は案外平然として、すらすらと何の苦労もなしに書いている。苦労なしに書いているというところに本質的なものがある。これは私にとって、又は今日までの日本文学にとって、「異種」である。この異種の新鮮さを育てるのが芥川賞の使命ではないか。作者がまだ二十三歳ぐらいの若い人だから、今度は見送って、今後の成長を見ようという説もあったが、単に年が若いというだけのことがハンディキャップになる筈はない。力倆から云えば（その掟）には劣るが、力倆でなしに、本質的な新しさをもっているこの作者を、吾々とは異ったものとして育てたかった。これは私の「少数意見」として記しておきたい。

猶、大田洋子氏が候補にのぼっていたが、もはや新人ではない堂々たる作家であるという意味から除外された。落選ではない。落選と思われては気の毒だから付記しておく。

佐藤春夫

諸説紛々として論議甚だ活発に、大に進行係を悩ました間に、ともかくも小沼、吉行、曾野の三君が最後の審査に残された。余は庄野の「黒い牧師」を優秀な作と思い、他の二作をマイナスとする衆議にも一応は注釈を施して置いたが、敢てそれ以上に衆議に抗しなかった。前回の「流木」以来庄野はも早授賞を要しない文壇の座を獲ている。黙ってほって置いても発育すると信じて、今更屋上に屋を築く必要を認めなかったからである。

曾野綾子の「遠来の客たち」は題からして心憎い作品で、余も喜んで読み、一つの新しい境地を拓いたものと思い、淡々たる叙述の間に閃くものを認めては必ずしも駐留軍の人々という取材の新しさだけでも無いとは思うが、作者は弱年でもありこの一作だけで急いで授賞するにも及ぶまい。暫くそっとして見たいという希望もあって作者の活動を期待して次回を待つ。もう一作これ程の作があれば当選は誰しも異議のないところであろう。自重されたい。

小沼丹の「村のエトランジェ」は好もしく軽妙に手なれた作である。井伏の影響が多すぎるような意見もあったが余はそうも思わず、一般の少年ものという以上に独自の詩趣も認めたが、推賞には曾野君同様もう一度様子を見て後でもよくはないかという気がした。

吉行に到っては前記二君に較べて候補作家の古顔でもあり、今回の作は同君の作としても傑作、また今回の最優秀作というのではなくとも、一作毎に商量の跡もあり作に気品も加えたから「驟雨」その他の作者として当選したのは決して不当ではあるまい。幸い一しお奮励して乃父の遺業を遂げよという席上一同の期待にそむかざらん事を。まあ奨励賞のつもりで貰って置いて健康の恢復したところで賞に応える力作を発表することである。ひとり吉行君だけでなく曾野小沼両君の努力をたのしむ。この外では松谷文吾君の「たき女抄」もよかった。

宇野浩二

今度の候補作品は、参考作品をあわせると、十八篇もある上に、十三人の作家のなかで私がよく名前を知らなかった作家が七八人もあるので、私は、一覧表を見た時、楽しい気がした。ところが、その十八篇の小説を読んで、もとより、あまり期待はしなかったけれど、それ以上に期待はずれがしたので、「又か、」と思って、失望した。

しかし、今度は、なるべく甘くなって、順不同に、読後感を書いてみよう。

野口冨士男の『耳の中の風の声』は、筆法もまず熟練しており、題材も一と通り器用にまとめられており、心を打たれるところもあるが、何か肝心のものが欠けている。（それに、この作家の小説を今さら芥川賞……という説が出て、私もそれに同感した。それから、大田洋子の『半人間』も、おなじ理由で、除外されることになった。私は、作者がこういう小説を書こうとした事は大へん結構であると思うが、肝心の書き方があまり旨《うま》くないのを残念に思った。）江口榛一の『近所合壁』は、題材は変っていて面白く、それをまず面白く書いてはいるが、それを書く作者の心がまえがよくない、全体に悪《わる》ふざけをしているのがよくない。庄野潤三の『黒い牧師』は、この作者としては一《ひ》と工夫《くふう》も二《ふ》た工夫《くふう》もしたものであろう、そうして、それだけの甲斐はいくらかあった。しかし、この小説は、この前に候補になった作品より、しいて比較すれば、いくらか落ちる。その上、参考作品の『桃李』『団欒』が少し手軽《てがる》すぎた。この辺でうんと手綱《たづな》を締めるべきであろう。小沼丹の『村のエトランジェ』は、諧謔のある作品の少ない日本の文壇では、まず珍しいものであろう、作者もそれを狙《ねら》っているのであろう。それとしてこの小説はちょいと面白く出来ている。しかし、肝心の人間たちが殆んど書けていないためか、目のある読者には、作者がいたずらに諧謔を弄していることが見えすく。これが困りものである。富士正晴の『競輪』は、今の世相の一端を書いて、今の時世と政治を諷刺するつもりで書かれたものであろう。しかし、これはこの小説に出来るだけ好意をもった感想であって、この小説は、よい意味の諷刺などは殆んど全《まった》くなく、題材は市井の庶民の風変りの生活であるから面白いものであるのに、それを殊更に面白おかしそうに書きまくり、その上いたるところに露骨にイデオロギイが振りかざしてあるので、読者をうんざりさせる。これではどうにもならぬ。小島信夫の『星』は、なかなか工夫をこらしたものではあるが、この前に候補になった『吃音学院』などより、出来がわるい、それに、この小説よりもっと出来そこないの、参考作品、『殉教』などを読むと、この人はわざと分かりにくく書いているのではないか、とさえ思われる。ここらで一つ思案をしてみたらどうであろう。曾野綾子の『遠来の客たち』は、題材のせいもあるかもしれないが、今度の数多い作品のなかで一ばん新鮮味が感じられた、これは、と思わせられるようなところがあった。しかし、まだたどたどしいところがあって、この小説ひとつ読んだだけでは推奨できない。鎌原正巳の『土佐日記』は、感じはわるくないが、それだけで、小説としては物たりない。曾田文子の『引越前後』は、一と通り書けてあるというだけで、これでは、いくら甘く考えても、凡作である。松谷文吾の『たき女抄』は、すらすら読める、器用に書いてある、しかし、それだけで、読んでしまってから、後《あと》に残るものがない、それは、筋の面白さだけを考えて肝心の「人間」を書くことが疎《おろそ》かになったからであろう。川上宗薫の『その掟』は、丹念に、克明に、書いてあるので、主人公その他の人たちの気もちは、或る程度までわかるけれど、又、あまりに作者があまり意気ごんで書いたために、折角の小説を読みづらくした。吉行淳之介の『驟雨』は、この小説だけでは推薦しにくいけれど、この前に何度か候補になった幾つかの作品より、いくらか上手になっている上に、作品としても増しなものである、それで、「吉行のこれまでの努力と勉強に対して。」という事に、銓衡委員たちがはげしく討論した上で、やっと、こんどの『芥川賞』と極まったのである。

舟橋聖一

小生は、野口と江口を推した。

野口は、年齢的にはもはや新人ではないという意見が多かったが、野口のような作家をカムバックさせたいという心は、「耳の中の風の声」が発表された当時の多くの文芸時評の中で、顕著に見られたところである。

野口は、一時スランプだった。病気ばかりしているし、書くものにも精気がなかったが「耳の中の風の声」から、スランプを脱し、立直りを示した。ここらで元気をつけてやれば、更にいいものを書き、中堅作家として、地味であるが、真面目な仕事をやりそうな気がする。八月の群像に「いのちある日に」という密度の濃い作品を書いているのも、参考作として有力だと思った。

今度の銓衡は、稀れに見る白熱戦だった。

おたがいに、なかなか譲らない。が、段々に篩《ふるい》にかかってきた。何番目かの篩で、江口が落ちる番が来た。

反対者は、あまり理由を云わなかった。云うまでもないという理由かも知れない。然し、案外、理由にならない理由で、反対していることもありうる。

江口は文章上手である。よく読ませる。そして、有情滑稽がある。泡鳴も文壇人にきらわれたが、文壇人の江口に対する評価には、誤解が少くないのではないか。もっとも彼は、度々、禁酒を宣言するが、すぐ破ってしまう。酒癖がいいとは云えない。

とにかく、小生は「近所合壁」を面白く読んだ。

江口の落ちたあとは、野口、吉行、曾野、小沼、庄野あたりが競合《せりあ》ったが、つづいて野口、庄野、曾野が落ちた。曾野を一緒に一所けんめいに推していた丹羽と石川が、曾野が落ちたので大層口惜しがり、

「あとは棄権じゃ」

と云って二人共、席を立ってトイレットへ入ってしまったのは、ユーモラスな風景であった。

僅かな差で、吉行が小沼を競りおとした。三時間以上も揉んだあと授賞ときまったのは、芽出度い。吉行は前に、小生が「原色の街」を推したときは、反対が多かったのに「驟雨」は、「原色の街」ほどいいものではないが、認められたのは、一寸皮肉な気がする。

故吉行エイスケとは、新興芸術派時代「近代生活」の同人であった。その子淳之介は病体である。これで元気になって、快方に向いて貰わなければならない。

丹羽文雄

曾野綾子の「遠来の客たち」が断然光っている。川上宗薫の「その掟」もよかった。意見の合っ

たことのない石川達三と完全に同意見であったのは愉快であった。他の十五篇の作品からは私は何ら新風を感じなかった。

吉行淳之介が結局「驟雨」その他で授賞と決定したが、他に推薦作のない場合は、私も吉行の度々の候補作を出した功績に対して授賞ということに吝《やぶさか》ではないが、曾野綾子がある以上、不賛成であった。ことに「薔薇」はみとめない。そのことではしなくも佐藤春夫さんと真向から対立することになった。「薔薇」は力を抜いた作品だと評したことが、佐藤さんの反撃をくらう原因となった。作家は力を抜いて小説が書けるものではないというのだ。そんなことはいまさら佐藤さんに教えられるまでもない。月評氏などが度々力を抜いた作品と評していることがあるように、半分の力で書いたという意味でなく、吉行の場合は「驟雨」が本命であって、その体当り的作風とか、腹のかまえ方に比較して、「薔薇」が軽いという意味で言ったまでだ。あとになって舟橋聖一も「薔薇」はみとめないと言い出したが、佐藤さんと対立したのは、松谷文吾の「たき女抄」の場合にもあった。佐藤さんは「たき女抄」をこれでよいとほめた。私は、キリシタンのたき女が家康の妾になることに苦悶があるはずだ、それがあれば最後の島流しもひきたつと主張したところ、たき女を書くのが作者の目的でなく、家康から見たたき女だからこのままでよいと言った。それにしてもこれだけでは足りない。石川達三も私と同意見であった。

川上宗薫はなかなか勉強家である。勉強のあとがギザギザになって残っているところが気になったが、この人はこれからがたのしみである。

曾野綾子は掘り出しものではないか。進駐軍につとめている女事務員が主人公だが、アメリカ人に対して対等の位置に立っている。適当に反撃し、適当に皮肉り、適当に批判している。新鮮な作風であり、感覚もユニークである。これは素質的のものではないか。私と石川があまり感心をしていると、そんなに天才じゃないですよ、丹羽君の好きな作品でしょうと川端さんは笑ったが、惚れこんだ私はすこしも後悔していない。最後で唐突に心中をもち出すところは、すこし気になったが、瀧井、佐藤両氏も一応はみとめてはいた。が、この一作だけでは心細い、見送ると言うのである。私も時々は見送る場合はあるが、これは見送る必要はないと抗弁した。

川端康成

残念ながら、今回も私は特に推したい作品は見出せなかった。(大田洋子氏の「半人間」は別である。)総じて気力に乏しく、新人としての個性も強くないと思った。したがって、委員会に臨んでも、あまり楽しくなかった。

しかし、前回は授賞がなかったので、今回はなるべく授賞したいという傾きになるのは自然である。いい作品が出るまで、何回でも待つとの考えもあるが、半年間の作品のうちから必ず選ぶとの考えもある。私はむしろ後者の考えが、このような賞だとする。芥川賞の不変の標準があるわけではなく、その期の候補作品によって、標準はおのずから変動するのはやむを得ない。必ず選ぶとしておけば、委員が十分感心しない作品が選ばれたところで、それは時代の新人の責任でもあり、あるいはその期の偶然の結果でもあろう。

今回は候補作だけを考えていると、私は推すものがないので、候補の一作だけでなく候補作家という考えにひろめて、吉行淳之介氏を推すことにきめた。一旦そうきめると、吉行氏の他にはないと思った。吉行氏の「驟雨」の多少の物足りなさは、私たちの知る吉行氏のその他の作品が補ってくれる。また、新人としての吉行氏の存在が、芥川賞に価いしないとも思えない。

曾野綾子氏の「遠来の客たち」、小沼丹氏の「村のエトランジェ」、それぞれ一作を決定打とするには不安である。「遠来の客たち」の作者の才能は感じられる。川上宗薫氏の心理手法にも、私は興味をひかれたが、習作のように読まれるところがある。庄野潤三氏の「桃李」「団欒」は安易過ぎるとしても、「黒い牧師」は認められる。

瀧井孝作

今回は、沢山候補作が出たが、各々一寸佳い位の所で、特にこれと云う抽《ぬき》ん出た作はなく、私は今回も当選なしかと考えられた。

当選なしが続くのは不可と云われて、銓衡の結果、小沼舟、吉行淳之介、曾野綾子、三人が残った。私は、小沼氏の作は、文藝の六月号の『汽船』という短篇もよんで、これもユーモラスな筆で面白かったので、この独特の持味のある人もよかろうかと思った。吉行氏の『驟雨』は、以前の候補作『原色の街』と似た素材だが、野獣派風の荒い筆触の前作よりは、亦幾分うまくなったようで、前作よりは佳いというこの点で、採ればとれるかと思った。曾野綾子と云う人の作は、私は初めて読んだが、これは、箱根の進駐軍ホテルが素材で、素材は佳いが、文章は生ぬるい。文章にはまだ自覚がない、少女小説と見た。この人は未だ若いし今回は見送ってもよかろうと思った。

庄野潤三、小島信夫、両氏の作は、幾つも読んだが、前回の作品の方が佳かった。前作を超える佳作を出すことは、余程精進しなければ、安易な心持では不可のようだ。

野口冨士男氏の『耳の中の風の声』は、前に読んだ時は、左程に思わず、いまこれを書きながら再読して、地味だが、力がこもっていると分り、これを推せばよかった、惜しい事をした、作者にもすまなかったと思った。

鎌原正巳氏の『土佐日記』は、しずかな美しい作だが、紀行随筆とみられて、殆ど賛成がなかった。松谷文吾氏の『たき女抄』は簡潔な描写の歴史小品。これは佳いが、この小品一つより知らないから、これだけでは推せなかった。川上宗薫氏の『その掟』は、恋愛の三角関係四角関係を執拗に追求してある、この手法の意欲は認めるが、好もしい出来栄とは云えなかった。

第三十一回芥川賞銓衡経緯

昭和二十九年一月号より六月号までの諸雑誌その他に発表された作品中より、野口冨士男「耳の中の風の声」江口榛一「近所合壁」庄野潤三「黒い牧師」「桃李」「団欒」小沼丹「村のエトランジェ」吉行淳之介「驟雨」「薔薇」富士正晴「競輪」大田洋子「半人間」小島信夫「星」「殉教」曾野綾子「遠来の客たち」鎌原正巳「土佐日記」曾田文子「引越前後」松谷文吾「たき女抄」川上宗薫「その掟」の十七篇の候補作品を得て、七月二十一日、宇野、瀧井、佐藤、川端、舟橋、石川、丹羽の各委員出席の下に銓衡委員会を開催、審議を重ねた結果、遂に前記の如く決定をみた。

尚この会議に於て、全候補作品中より最後迄授賞の対象となった「遠来の客たち」一篇を特に本誌に掲載する事にした。

詳細は各委員の選評を見られたく、推薦カードに御回答下さった多数諸賢に厚くお礼申上げる。

鞄の中身

吉行淳之介

切出しナイフが、鳩尾《みぞおち》のところに深く突刺さったが、すこしも痛くない。その刃は真下に引下げられてゆき、厚いボール紙を切裂いてゆくのに似た鈍い音がした。

夢の話である。

裸の死体が、地面に倒れている。その死体は、私の姿をしている。周囲は暗く、倒れているものの形だけが鮮明に浮び上ってみえている。内臓をそっくり持ち去られたらしく、薄べったい形になっている。手足の長さは変らないが、ひどく細くみえた。

匿《かく》さなくてはいけない、とおもった。手軽に持ち歩けるくらいの大きさの鞄《かばん》が、すぐ傍にあった。地面の底からせり上ってきたように、そこに置かれている。口を開くと空なので、死体を押込もうとする。

骨をみんな抜かれてしまっているように、その死体はくにゃくにゃしている。腹の傷痕《きずあと》は、なくなっている。一本の脚を四つに折り畳んで、鞄に入れる。

その作業をしていると、死体の手触りがつるつる滑らかなのに気付いた。皮膚が小麦色に光って、若い女の肌のようだ。アレルギー体質の私の皮膚は、しばしば乾いて鱗《うろこ》のようなのだが。ある人の飼犬が頑固な皮膚病にかかって、どんな治療をしても癒《なお》らない。その犬が死んだ。数分間経つと、刷毛《はけ》で健康な皮膚を塗りつけてゆくように綺麗《きれい》になっていった、と聞いたことがある。

死体は、たやすく鞄の中に入ってしまった。その鞄を提げて逃げる。しかし、鞄を持っているのは私なのだ。その中身も私である。なぜ逃げなくてはいけないのか、という疑いが頭を掠《かす》める。とにかく、中身は死体である。そういう鞄を持っているからには、逃げなくてはならないだろう。

走りかけて、やめた。平素の足取りで、歩いてゆく。高層ビルが目の前にみえてきた。あのビルの屋上へ上ってしまおう。そのあとの考えはなくて、追い立てられている気分だけが強い。

ビルのエレベーターの前は、無人である。腕の疲れに気付いて、鞄を床に置く。人影はないのに、いつの間にか私の鞄の隣に茶色い鞄が並んでいる。そっくり同じ形と大きさで、ボストンバッグ状のものである。

私の鞄は暗紫色で、雲母《うんも》のような輝きがある。

ボタンを押して呼び寄せたエレベーターが、私の前で扉を開いた。さいわい自動式だったし、誰ひとり乗っていなかった。二十階建のビルだった。20の数字のボタンの上に、Rのボタンがある。それを、いそいで押す。一列に並んだボタンの数字が、1から20まで素早く明滅して、たちまち屋上に着いた。

それまでの速力とは正反対に、ひどくゆっくりと扉が左右に開き、私は屋上に出た。その瞬間に気付いた。手に提げた鞄が、茶色いものに変っている。痛みに似た恐怖が、踵《かかと》のところから走り上り、腰骨のあたりで止った。慌てて振返ると、エレベーターの扉が閉り終っていた。

一階の硬い床に置き去りにされてしまっている暗紫色の鞄《かばん》の輝きが、眼の底で揺れた。

エレベーターのところに走り寄り、ボタンを捻《ひね》り潰《つぶ》すように押す。しかし、扉の上の部分に横一列に並んでいる数字の10のところが、明るくなったまま動かない。すぐ隣に、扉と同じ幅で、黒い穴が矩形《くけい》に開いているのに、気付く。

覗《のぞ》きこむと、銀色の細い金属の棒が見えた。垂直になっている筈なのに、緩やかな角度で斜めに下の暗黒の中に消えている。その角度が、安全そうな感じを起させた。

茶色い鞄を、捨てた。銀色のパイプをかかえこむようにして、軀《からだ》をあずける。

斜めに、私は滑り落ちてゆく。しだいに加速度がついて、パイプから腕がはずれそうになった。やはり二十階からでは無理だったか、と危険を感じた瞬間、にわかに腕が軽くなった。

足の下に、ギザギザの鉄板がある。勢よく動いていて、私の軀はその上に安定している。エスカレーターに似ているが、はるかに速く動く。しかし、横へ横へと移動してゆくようにおもえ、どこへ連れて行かれるか分らない。

困った。あの暗紫色の鞄から、ますます離れてしまう。

そのとき、私は硬い床《とこ》の上に立っていた。傍に、置き去りにされていたあの鞄が暗く輝いている。その把手《とって》を摑《つか》んで、また逃げはじめた。

刺されたのは、私である。死体も、確かに私の顔をしていた。

それなら、鞄を持って逃げているのは、本当に私なのか。家に帰って、押入れの中に鞄を匿《かく》し、ゆっくり考えてみよう。

その家の場所が、突然おもい出せなくなった。逃げているのは、私ではない別人なのか。そうだとすれば、その人物の家の場所に戻ってゆく筈である。

自分の顔を見たいとおもった。

しかし、視線の当るところだけが明るく浮び上り、自分のまわりは黒い。視界の中には、鏡は出てこない。ガラス窓の類があれば、朧《おぼろ》げに姿を映し出す筈なのだが、それも見当らない。

自分の家の場所をおもい出そうとしながら、傍の町並みを眺める。『何町何丁目』という標識板が目に入る。その板は、いま目の前にある門の柱に打付けられてあった。見覚えのある町の名だとおもい、昔の女がその町に住んでいることを思い出した。

やはり、鞄を提げて動きまわっているのは、私なのだ。

その女とはずいぶん馴染《なじ》んだが、いまは結婚して子供を産んだという噂を聞いている。五年くらい会っていない。未練があるわけではなく、その町の名を覚えているのは、変った町名であったからだ。たとえば、泪橋とか筋違町とか竜髭町とかいったように。

それにしても、結婚すると女は男の姓に変るのだが、あの姓はなんといったのだったか……。咽喉《のど》のところまで出てきているのだが、そこで引懸ってしまっている。

しばらく視界は黒く、なにも見えていない。その黒さがしだいに薄らいできて、不意に一軒の家の玄関のドアが開く。

その女と向い合って、私は立っていた。

「しばらくだったね、元気ですか」

「…………」

「子供が生れたと聞いたけど」

「あの、どなたでしょう」

あたりを、私は見まわした。周囲は依然として黒く、女の姿だけオレンジ色の光に照らし出されている。その輪郭がとくに光っている。

昼か夜か、はっきりしない。もし夜だとすると……。

「あ、いま、これが」

と、親指を突出すように立てて、その仕種《しぐさ》をしている自分に意外な気分が起った。そういう素振りをして女に話しかけたことは、これまでに記憶がない。

やはり、私はじつは私ではなくなっているのではないか。

「いやいや、ご主人がいま家にいる……」

と、言い直し、反動でいくぶん言葉づかいが丁寧になった。

「いいえ、主人はまだ会社から戻ってきませんけれど」

女は、他人行儀に答える。

「そんな……」

そのよそよそしさに、たじろいだが、気持を立て直して言ってみた。

「ちょっと、コンパクトを貸して……」

以前、その女と一緒に酒を飲むときには、いつも必ず私はコンパクトを借りて、その小さい鏡に顔を映してみた。アレルギー体質なので、顔面が紅潮してきているときは、もうそれ以上飲まないほうがよい、という信号の役目になっている。

それが、女と私が会ったときの儀式のようになっていた。しかし、女にはそのことを思い出した様子はない。

胴から腰にかけての線の綺麗《きれい》な女だったが、そういうことはこの際どうでもいい。女がわざと他人行儀に振舞っているのか、それとも私が他人の顔になってしまっているのか。女のコンパクトの鏡に、顔を映してみたい。

「コンパクトですって。そんな、なれなれしい」

「なれなれしい、とはねえ。昔のことは、忘れてしまいたいというわけ」

「それ、どういう意味なんでしょう」

「ぼくに見覚えがない、とでもいうのでょうか」

半ば不安、半ば厭味《いやみ》をこめた言い方になった。

「見覚えがない、といったって、今日はじめて会ったんですもの」

「それ、本当ですか」

「ええ、本当よ」

不安が強くなってきた。

「もう一度聞くけれど、コンパクトと聞いても、なにも思い出さない」

「ええ、なんにも」

鏡が見たい。窓ガラスでもないだろうか、と見まわしたが、相変らず周囲はまっ黒である。

地面に置いた鞄の上に背を踞《かが》めて、その掛金をはずそうとした。その中に詰っている死体の顔の部分を探し出し、それに両手を掛けて女の方に向けてみるつもりになっている。

「これと同じ……」

なかなかはずれない掛金に苛立《いらだ》って、言葉がそこで止った。女はいそいで、

「そういうものなら、間に合ってます」

と言い、ドアを私の鼻先で勢よく閉めた。間に合っている……、死体が間に合っているとは、どういうことか、と一瞬私は戸惑い、すぐに気付いた。

「これと同じ顔を、私はしていませんか」

死体の顔を女に示して、質問してみるつもりだった。背を踞めて鞄の掛金をはずそうとした私をみて、女は化粧品かなにかのセールスマンの訪問とおもった、としか解釈の仕様のない言葉である。

ただ、私が女にとって見覚えがなくなっている人物に変っているためか、女の意地悪なのか、まだ判断が付きかねている。

数年間の女とのつき合いのうちで、かなりの回数ひそかな形で意地悪な仕打を受けたことがある。私は女をやさしく取扱ったつもりだったが、自分に必要を感じたときにしか、

会おうとしなかった。気紛《きまぐ》れであった。そういう態度が、女を傷つけていることを知っていた。

女の意地悪は、深いところに棘《とげ》を隠していた。やさしい振舞や、私にたいする褒め言葉などの中に、隠微な皮肉がかくされていた。しかし、私は表情をまったく変えなかった。そのときの悪意に、私が気付いているかどうかは、女にとって曖昧《あいまい》だった筈である。

女は会う約束の時刻を守らないで、そのまま姿を見せず、自分が註文《ちゆうもん》どおりに取寄せることのできる品物ではないことを示したりした。そういうことは、何度もあった。

ホテルに向う車に女を乗せると、たちまち、女の匂いが車内にいっぱいになる。強い匂いではない。女は体臭をもっていない。小麦色の肌であたためられた香水が、独特の官能的な匂いとなって、漂いはじめる。それは、やわらかい微かな匂いなのだが、私の鼻腔《びこう》を鋭く刺す。そのために、女とのつき合いが長くなった、といってもよいくらいだ。

時折、その匂いが強すぎることがある。肌につける香水の分量が平素より多いのではないか、と私はおもい、女の生理の時期なのかと最初のときには疑った。しかし、ホテルの中でその気配はなかった。匂いが強いだけではなく、かすかな異臭があって、口紅の色がいつもより濃くみえた。全身から漂ってくる気配も、微妙に違う。

「コールガールの商売をはじめているのではあるまいか」

架空の疑いとは分っていても、その考えがなかなか頭の中から出て行かない。そういう時期には、女の軀《からだ》を別の一人の男、あるいは数人の男と共有しているのだろう、と私は考えていた。

その気配がとくに強く感じられたある日、女と私はホテルの近くのレストランで食事を終えた。そのまま、ホテルの部屋へ行くのが当然のように、おもっていた。

レストランを出ると、

「このまま、帰るわ」

と、女は言った。

「どうして」

そう問い返しただけで、私は黙って立っていた。女はまるで私の手がその腕を摑《つか》んででもいるように、振切るような仕種《しぐさ》をして、歩き出した。直前まで、なごやかに食事をしていたのだし、私に失言はなかった。女のうしろ姿を眺めていた。時折、身を捩《よじ》るようにしながら歩いて行く。肌に粘りつくものを追い払いそこなって、自分の身を不潔なものと感じているようにみえた。女は振返らず、しだいにその背は小さくなっていった。

「いま、またその時期になっているのか」

このときにも、私は自分のことを、「共有している一人」と感じた。

そして、数日経つと、女は前と同じように私の誘いに応じるのだ。

……いまの女の応対は、最後の意地悪であるかもしれない。もう一度、私は最初からこの日の経緯を思い返してみようとした。

まず、切出しナイフが私の腹を刺した。そのときは、すこしも痛くなかった……。そうおもったとき、烈《はげ》しい痛みを感じて、目が覚めた。

胃から腹にかけて痛みがあり、それがどの部分なのか判然としない。ベッドの上に起き上りそのまま蹲《うずくま》る形になったが、夢の滓《かす》がまだ頭の中に残っている。

腹のところを剝《む》き出《だ》しにして調べてみるが、当然そこには傷痕《きずあと》はない。しかし、鞄《かばん》に入れた死体の腹にも傷は残っていなかったことをおもい出し、すこし厭《いや》な気分になった。

「盲腸の痛みかな」

そうなれば、あらためて傷が付くわけか。そんなことを考えながら、ベッドの周囲の床を見た。まだ、そこに濃い紫に暗く輝いていた鞄が置かれているような錯覚がある。戸棚に納めてある私の鞄は、色も形もまったく違う。

痛みがすこし薄らいできた。

「寝冷えでもしたのだろう」

あるいは、夢の情景の積み重なりが、胃の神経を刺したのかもしれない。昔、食中毒で目が覚めたときには、頭蓋骨《ずがいこつ》を棒で強く殴りつけられたような感覚で、それは痛みとは呼べないもの、痛みを通り越したものだった。

ベッドから下りて、私はおずおずと歩き出す。洗面所へ行くつもりで床に立ったのだが、私の手は戸棚を開いていて、その中を確かめている。使い馴れた黒い鞄が、そこにあった。その鞄に手をかけて揺すぶってみた。中身が空と分る、軽い手応えが戻ってきた。当り前のことなのだが、軽い安堵感《あんどかん》があった。洗面所に入り、鏡に顔を映してみた。いつもの顔だが、すこし腫《は》れぼったい。夢の中で、あの女の見た顔は私のものだったのか、まったく別人のものだったのか。

考えても意味のないことなのだが、夢の滓がまだ軀の底に溜《たま》っている。痛みはかなり弱くなってきたが、まだ残っている。その痛みにさからうような気持で、つめたい水を大きなコップに一杯、飲んだ。

水で顔を洗う。

「また、一日がはじまるのか」

と、私は呟《つぶ》いた。

小さな貴婦人

吉行理恵

一

知人から届いた老舗《しにせ》の鮭の壜詰がおいしかったので、病気の叔父に同じ品を送るようにと母に頼まれた。どこのデパートにでも売っていると思い、家から近い区域に出掛けたが、三軒目にもなかった。草臥《くたび》れた様子で歩いてゆくと、小さな店のショーウインドーに「竜太」と書いてある。縫いぐるみの店らしいが雰囲気がよさそうなので入ってみる気になった。ビロードの小さな白猫は、濃いピンクの刺繍糸で作った鼻が四重に渦を巻いている。もうすこし薄いピンクにし、渦を減らせば上品になって猫らしくなるだろう。しかしよく見れば手づくりのよさがあるし、愛嬌があってなかなかいい感じだ。黄色い縫いぐるみは猫にしては胴が長すぎると思ったら、「キタキツネ」と札に書いてある。雲に似た縫いぐるみはいない、と口の中で呟き、出ようとした瞬間、高い棚の隅に、明け方の空のような淡いチャコールグレーが見えた。大きな猫の縫いぐるみだった。一昨年病死した牡猫雲とほとんど同色で雰囲気が似ている。私は長い間雲を眺めていても飽きなかった……萩原朔太郎の詩にある「雲を見てゐる自由の時間」だった。長生きしてね、と話しかけ、そっと鼻を寄せると、積ったばかりの雪のようにすこし埃の混ざった清潔な匂いがした。大きくなるにつれ、雪深いアルプスの遭難者の救助犬で犬の中で一番穏やかで威厳があるといわれているセントバーナードに雰囲気が似てきた。でも雪が降っても跳びまわったりしなかった。

雲が死んだ後、海に行った。どんなに鬱屈していても電車が動き出すと楽しくなるし、砂の上で裸足になると軀が軽くなるような気がする。しかしその日は明るさを取り戻せなかった。下品な空色のペンキが塗ってある水族館に入り、生きたたつのおとし子を初めて見た。べらの仲間は砂の中で眠るから、夜の間は姿が見えなくなります、と水槽の傍に記してあった。べらの雄は薄青、雌は薄い赤、そよそよと泳いでいた。じっと見ていると一匹ずつの輪郭が消えてゆき、明け方の淡いチャコールグレーの空でも見ているようだった。頭の中がとりとめがなくなってきてすこし軀が熱くなり静かでいい気分だった……。私、まだ雲の夢を見ていません。夢の中に出て来て下さい……、と口の中で呟いた。家に戻り、久しぶりに鏡を覗くと、こめかみに茶色いしみが出来ていた。「雲が残していったのかしら」と独り言を言った。

雲は月見草と同じ黄色い目だった……。病院で死んだ雲を家に連れて帰り、雲が好んだドビュッシイの「祭」のレコードをかけて独りで通夜をした。座布団とバスタオルを敷いた大きな椅子の上に雲を寝かせたが長身なので足だけはみ出してしまうため、別の椅子をくっつけて載せた。鼻先の薄いピンクが消えてゆくので悲しかった。焼き場に連れてゆく朝、庭の花を断らずに切っていいと近所の人が言ってくれたことを思い出し鋏を持って出掛けた。雲の目の色と同じだから好きな月見草が満開だのに喜びを感じなかった。もう美しい自然に接しても感動出来ないのではないかと思い怖しかった。血だらけの腹を新しい柔らかな薄地の白い布で巻き、軀も包んだ。小さな段ボールの中に寝かせ、異常なほど花が好きだったから顔の傍に月見草と濃淡の紫の花を置き、「有り難う、雲、楽しい九年間だったわ」と話しかけた。運よく人に会わずにビルから出られた。途中、腕の中の雲が急に重く感じられ道端にへなへなと坐りこんでしまった。……この縫いぐるみの目は、薄い青と淡い紫が微妙に混ざり合い、静かに輝き、神秘的だ。薄いピンクの刺繍糸で作った鼻先の一部分が黒くしてある。雲も薄いピンクの鼻先にしみがあった。私は縫いぐるみをそっと棚からおろした。さらさらした砂のような手触り、大きさはそっくりだ。お腹に付いているきれはしに英国製で洗濯が出来ると書いてあるが、値札が付いてない。

「わあ可愛い」

と言って女子学生が二人、近づいて来たので、縫いぐるみを渡すと、抱きしめて、

「でも本当に猫かしら」

「犬みたいね」

二人は不思議そうだ。

「猫です」

と私は言う。

「あたしが店番しだして万引きがないのよ」「志野さんは店番しながら本ばかり読んでいたからな」と喋っている若い男女の店員が私を見た。万引きしそうなタイプに見えたらしい。マーケットなどに入ると、私を見張るために店員が動き出すような気がするのに今日は縫いぐるみに気を取られていて周囲が気にならなかった。店員に、縫いぐるみの値段を訊ねると、同じ位の大きさの熊や犬などと見比べ相談して、

「五千円でいいです」

「高い」と女子学生は囁き合い、諦めた様子だ。高い買い物をするのは久しぶりだった。いつの間にか店内は女子学生でごったがえしている。

ビルの部屋に戻り、「ただいま」と言う。珍しく明るい声が出た。おや、というように牝猫が見ている。十一年前に雲と一緒に捨てられていたこの猫にはきまった名前がなく、

今は雲の妹と呼んでいる。縫いぐるみを袋から出しながら、

「雲が戻ってきたのよ」

と話しかける。すると耳をそばだてあたりを見まわし、いそいそと玄関へ駆け出してゆく。

幼いときに臙脂のゴテゴテの服を着た西洋人形を貰い、「好きになれないからあげるわ」と友だちにあげてしまった。後で「あげるときに、好きになれないからと言わないように」と大人にたしなめられた。少女の頃母の洋装店の客の娘が持っている人形を見せてあげると言われ、気がすすまなかったが母にうながされた。西洋人形、日本人形等が大人の柩ほどもある立派な箱の中に寝かせてあり、抱いてもいいと言われたときも、どれも可愛いと思わなかった。その後も人形の類に愛情を持たなかったが、この縫いぐるみは愛嬌があっていい感じだし、雲の分身だ。一晩だけ抱いて寝ようかと思う。けっして雲は寝床に入らなかったから、箪笥の上に置く。書き物をしていてふと視線を感じると、高い所や暗い場所から雲が静かに見守っていた。疲れてくると雲を眺めた。すると頭の中のもやもやがなくなりしばらくするとまた書く力が湧いてくるような気がした。厚かましくて鈍感、無神経、意地の悪い作中人物は、本物の人間がいくらでもいたが、優しく素直な子供を書く場合は雲を素材にした。

一年に四、五篇の短篇を文芸雑誌に発表した時期でも小説だけでは生活出来ないからデパートの毛糸売場に勤めていたが、やめてしまい、母の洋装店の雑用をしている。雲のことを書きたいが、一昨年にヘルペスという中年以降に罹りやすい神経の病気になり、医者の話では重症で思考能力も衰えるらしい。根があるから花も咲くし実もなる、と自分を励ましてみるのだけれど、いまだにどこからも力が出てこない感じだ。

二

十五年棲んだビルのある場所は昔刑場だったらしい。この土地に欲を出した者は次々に急死したそうだが、働き盛りの男ばかりだったと聞いた。住人たちも面倒な事情が出来たりして長く居つかないのに私は例外だった。しかしその間ろくなことがなかった。日の当らない車道に面した部屋だし、すぐ近くで地下鉄やビル工事が続き音が凄い。とくに一昨年は軀の具合が悪く、私はただの間借人だけど死ぬのだろうかと思ったが、雲が死んでしまった——。私の著書を読んだという未知の男性で本格的な分裂症患者に四年間つきまとわれ、関係があった男だと近所で噂された。自由に出入り出来るビルなのでその男は階段をうろうろするし、酔っ払いがガラス戸を割ったり放尿したりしたが、どういうわけか私の部屋がたびたび被害にあった。人に会うとつい愚痴をこぼしそうになり、信じてもらえないだろうと思った。家主の知り合いの祈禱師が、近日中にお祓をしないと大事になると言い、やって来て、偶然とはいえ男はなにも言ってこなくなった。

ビルが取り毀されるため引越すので、いらない物がたくさん出てきて、捨てたり寄付したりした。雲の皮膚病用の薬が残っていたので捨てた。紫の液体で、母が子供の頃に使った物と同じだったそうだ。本は古本屋に売ることにした。古本屋と長い時間顔を合わせているのが厭だったので、来てもらう前日、本を詰めた段ボールを、四階の部屋から一階の廊下に何度も何度も運んだ。

エレベーターが無いから運び終えたときは足がカチカチになった。

運送屋はいやいや仕事をしているような二人組で、荷物をたくさん残していた。

「これもお願いします」

「もう乗らないよ」

と言った腹巻をした上半身下着姿の人のほうは怖くなかったが、もう一人は口許に薄笑いを浮かべ、目がぎろりと冷たかったので、怖くてそれ以上は言えなかった。引越し先は近いので、大きな布に炬燵を包んで背負って歩いたが、途中で泥棒スタイルだと気付き恥ずかしかった。雲のお骨と縫いぐるみと雲の妹を最後に運ぶことにした。自分の庭があれば、お骨を埋めるのだが……。バスケットの蓋を開けると、雲の妹は普段は病院に連れて行かれるので毛嫌いしているのに、さっさと中に入った。

今度の部屋は車道から奥まった場所にあり、朝は二、三種類の鳥の声が聴こえる。前のビルの屋上には鴉がたむろしていて不気味だった。しかし運がよかったと気がついたのは引越した後だった。やはり思考能力が衰えていたのだと思う。今度の家主は気難しい老人で、前に借りていた美容師は嫌われて、普通に歩いても五月蠅《うるさ》いと言われ爪先で歩いたそうだ。私も自信がないが、猫を飼っていいと言ってくれたのはこの家だけだった。部屋の壁に、美容師が置いて行った全身が映る鏡が立てかけてある。

「ひゃあ」

と雲の妹が叫んだ。鏡に映った自分のまるい白黒の顔を凝視している。

雲の妹は、北に向いて一つある窓辺で眠ってばかりいる。仔猫のうちからあまり鳴かなかったが、ますます声を出さなくなった。

「出来た猫ね、逆境に強いのね」

と話しかけると、薄い草色の目で見ている。

買ってきたものと同じ縫いぐるみが氾濫しているのでと厭なので、こわごわ店を覗いてみたところ、心配するようなことはなかった。半年ばかりの間に内部を模様替えし、置き物、小物、数はすくないけれど本のコーナーもあって、女流詩人Gの詩集と並んで、だいぶ前に出版した私の短篇集が置いてある。それから二年ぶりに復刊した詩の雑誌も。これにはGが書いたメルヘン『猫の殺人』の続きが載っている。以前この雑誌は、鳥が得意な女流の版画を表紙に使っていたので買ったところ、『猫の殺人』と出会った。連載がまだ終らないうちに休刊したのでがっかりした。

カウンターで、ひっそりした上品な中年女性が熱心に本を読んでいる。誰の絵だか覚えていないがランプの傍で本を読んでいる女性の美しい顔を思い浮かべた。茶色いトーンの絵だった。私のすぐ後から店内に入った女性が虎のような猫の置き物を買おうとした。

「すみませんが、それは非売品なんでございますよ」

「じゃ、これでいいわ」

白い髭が立派なチャコールグレーの華奢な猫のブローチを摘んだ。

「ああ申し訳ございませんが、それも非売品なんでございます」

「私が欲しい物はなにも売らないのね」

と厭味を言ったが、高い買い物をして出て行った。カウンターの女性は、失礼ですが……

と言い私に近づいて来た。彼女は私の小説の愛読者で、一度手紙をくれたと言った。あっ、あの手紙の人か。返事は出しそびれてしまったが、未知の人の手紙で残して置いた唯一の物だ。達筆ではないけれど竹を割ったような感じの爽やかな字、内容もあっさりして心がこもっている。彼女はこの店「竜太」の主で、志野という。志野は滅多に会ったことがないタイプの美しい人だ。相手の顔から目を離さない人に会うと恥ずかしくなるが、彼女は目をそらすのともちがい、空気とでも対しているようなのだ。私は縫いぐるみのことを話した。あの縫いぐるみは、志野が幼い頃から家にあったもので、狂死した母親がきれいなセロファンに包んで眺めていたのだそうだ。「母はセロファンが好きで、チョコレートや飴の包み紙をよく本の間に挾んでいました」。志野が外国に仕入れに行っている間に、非売品と言った筈なのに店員がセロファンをはずして売ってしまったが、買い手が私ならかまわないと言った。でも……と遠慮すると、この店の非売品のほとんどは、猫好きの母親に父親が贈った物だが、人によっては手離してもいいと思っているそうだ。

「母が可愛がっていた猫は竜太という名前だったんです。威厳があって上品で、美しいチャコールグレーでしたわ。竜太さんそっくりな大きな猫が二年ほど前に迷い込んで来てしばらく居たんですよ。猫が好んだ椅子には王様の椅子という渾名をつけました。王様のようにふるまって、また出て行きました」

雲のような猫がどこかに生きているらしい……。

「なにかお仕事をなさっていらっしゃるのですか」

と志野が私に訊く。

「母の洋装店を手伝っています。掃除をしたり、忙しいときは裾かがりやボタン付けをします。でもはかが行かなくて」

「そうですか、大変ですね。御自分でお店をお持ちになるほうがいいと思います」

「でもとても」

「Gさんだわ」

ガラス戸越しに、老婆のあどけない下ぶくれが覗き、『猫の殺人』の女流詩人Gが、夏なのに赤いアノラックを着てよろよろと入って来た。「お久しぶりですね」と言い、志野が近づいてゆく。

「あっ、お店よくなったのね、この前来たときはこんでて……。ここなら、毎日来たいわ。でも遠いから無理かな」

とGはやっと聞こえるくらいのか細い声で言い、志野がすすめた椅子に浅くかけた。店内にはすわりごこちの良い木の椅子が置いてあり、私もすすめられ先程から坐っている。志野は私をGに紹介した。Gは私をそっと見て、

「雲さんを雑誌のグラビアで見たけど、わたしの親友だった猫のダイアナとそっくり」

ダイアナが脾臓の病気で死んだとなにかで読んだ。雲もそうだった。

「雲っていい名前ね。空に浮かぶ雲も大好き。昨日もぼんやり眺めていたら、猫のかたちと人形の雲も居て、そのうち淡いピンクに染まって……。亡くなった母がつくってくれた椿餅と同じ色だったわ……。此の頃お店で売っている椿餅は濃い桃色でビニールの葉っぱなのね、母は本物の葉に包んでくれたのよ……」

私は雲の一周忌の頃を思い出した。雲が死んだ日は鴉が喧しかったが、その日は一羽も来ていないらしかった。夕方屋上に上ると、淡いグレーの上に薄いピンクが重なり、森の中にある建物の屋根のように見え、それが空の雲だとは信じられないほどだった。クレーの絵に雰囲気が似ていた。あんな家の中で雲と静かに暮らしたいと思った。

「わたしが空に浮かんでいる雲が好きだって書いたら、あんなとりとめがないものは嫌いだってけなした人がいたのよ。意地悪そうなの、その人」

Gが呟く。

「雲さん、鼻先にしみがあるでしょう……短命な人相なのよ、くれぐれも気をつけてあげて」

とGが言い、志野は、えっ、猫にも人相があるのですか、というような表情をしたが、慌ててなんでもないような顔をした。私は雲が死んだことを言いそびれてしまった。

「雲さんは人気運があるわよ。横から見た鼻の頭がまるいでしょう……。先端までぴんとした耳は意志の強さ、気位の高さの象徴で、黄色い目は、飼い主を助けるけど、生傷が絶えないみたい。グレーの毛があると、感情の起伏が激しい怒りん坊、面長だから他の猫とあまりうまくいかないみたい、自分勝手なのかな。顎の毛のボサボサは放浪癖の常習犯で、額の縦皺は十月ジワと言って十月に災いがふりかかりやすいんですって。でも占は当たらないこともあります、人間の場合免れるには先祖供養と親孝行、っていうけれど」

Gが深々と椅子に坐り、胸を張って、前より大きな声で喋り通したのでびっくりした。雲が短命な人相だと聞き私はすこし気が楽になった。……捨てられた赤ん坊猫だった雲を、まわりに車がびゅうびゅう走るビルの部屋に連れて来た。緑の多い場所で木のぼりをさせてあげたかったのに、地下鉄工事やマンション建築の凄い音が響いてくるさ中に死んでしまった――。晩年の雲は東向きの台所の窓辺に置いた大きな椅子に寝そべり外を見て過ごしていた。死ぬ二日前の夜はベランダの柵からからだを乗り出し、とめると、玄関に坐り、開けて、というように見上げた。嬉しそうにとび出して行ったので、いつものように屋上で遊ぶのだと思ったが、一時間程経って行ってみると居なかった。電気の消えた暗闇の階下を見下ろし、あっ星……と胸の中で叫び不思議な気持で佇んだ。金色の光がすーと消え、雲が階段を昇って来た。あのとき死に場所を探しにゆき見付けられず戻ってきたのだと思う。入院することになった雲を残し帰ろうとすると、鎮静剤を打たれ診察台に横たわったまま首だけまわしてまるいあどけない目で私を見詰めた。そのとき、すこし前に夢の中で聴いた「低い空で温かく輝く星になる」という不思議な声を思い出し、この目のことだったのかと思った。翌日病院から電話がかかり、麻酔が切れた雲が威嚇して寄せつけず診察が出来ないから手伝いに来てほしいと言った。玄関に入るや、ウォーウォーという声が聞こえた。奥の病室にゆき、「あたしよ」と言うと、ゴロゴロと力なく咽喉を鳴らした。一時間も経たないうちに雲は死んで横たわっていた。かっと目を見開き苦しそうに口を歪め、目をつぶらそうとしても閉じなかった。死んだ雲と私だけになったので、そっと頬を噛んだ。すると、いつの間にか雲は目を閉じ、口からも苦しそうな感じは消えてあどけない表情に戻っていた……。咽喉を鳴らす低い音が聴こえてきそうな気さえした。波の音を思い出すあの響を聴くと私は不思議なほど静かな気持になった。……どんなことをしてでも名医を探していたら不当に苦しんだり、或は死んだりしなかったのにという自責の念にかられ、いまだに「ごめんなさい」と独り言をよく言う。猫が死ぬ時期必ず私は病気になり徹底した看病が出来なくなる。頼りない私には猫を飼う資格がないのかもしれない。

あっ、と叫んでGが立上った。

「小さな貴婦人がいないわ……」

「小さな貴婦人って誰のことですか」

と志野が訊いた。

「志野さんのお母様の形見の猫の縫いぐるみの愛称、あの棚の隅っこにあったのに」

Gが棚に近づいた隙に、志野は私に「黙っていらっしゃって」と囁き、Gには自分の旅行中に店員がうっかり売ってしまったが買い手が分らないと話した。

「一目みたときから欲しかったのに、言い出せなかったのよ。ここに来て見るだけで我慢しようと……、楽しみにして来たのに……。探して下さい」

「はい……」

「ダイアナにも小さな貴婦人という愛称をつけたのよ。ダイアナは少年から女神になったの。私、最初は牝だと思って月の女神の名前をつけたら、牡だったのよ。ホラ、昔の西洋の肖像画にあるでしょう、きれいな子供なんだけど、いつも男か女かわからないの。たいてい男の子なのよ……。少年は一生絵の中にいるからどろどろした男にならないの。ああいう絵を観ると、『小さな貴婦人』て呼びかけたくなるのよ。最後までダイアナはあの絵の感じだったわ。きれいな猫だったのよ……かわいいというより、ノーブルなの」

雲にもあてはまる。ビルの部屋で飼うため去勢したので、野性味が失われてオトコオンナみたい、と悪口を言う人がいた。……雲も「小さな貴婦人」と呼んでいいだろう。

「この前ここに来た帰りにブルームーンが買いたくなって……いい蕾を選びたかったのに、醜い顔にゴテゴテのお化粧をした中年の女店員が、どんどん選んで茎を切り揃えちゃって、これじゃ淋しいから雪柳を入れましょう、一本五百円です、なんて言うの。雪柳もきれいだけど薔薇より高いなんて――。雪柳は断って、薔薇の花びらが枯れているから変えて下さい、って言ったのに、大丈夫ですよ、こうすりゃいいでしょう、って枯れた花びらを荒々しい手つきで毟り取って束ねちゃった……」

Gの歯がカチカチ音を立てている。思わずGを見ると、ぼさぼさのグレーの髪、緑を含んだグレーの皺くちゃなワンピース、頬や手には草色のクレパスみたいなものが付いている。私は慌てて目をそらせた。

「前に買ったお店では、感じのいい青年が雪柳はサービスにくれたのに」

サービスに添えたのは安いかすみ草だったと思うが、言わないほうがよさそうだ。

「その女の店員は精神がみすぼらしいから、可哀相なんですよ」

と志野がきっぱりと言う。Gは気を取りなおしたらしい。やや暗い頭の私は、志野ほどわきまえていて聡明になれたら、もっと冴えたものが書けるのにと思う。

「ブルームーン嫌いになっちゃった。でもそのときの薔薇ほとんど開かないで蕾のまま枯れちゃったのよ。あんまり悪口言ったので恐かったのかしら……。世の中にはそっくりな人が三人いるっていうから、猫もそうかしら」

とGが言う。雲の妹の人相について訊いてみたくなった。

「短かい顔で下ぶくれの猫はどうなんでしょう」

「いつも居眠りばかりしていて、一生独身みたい。きっと横から見た鼻の頭が直角でしょう、ひねくれ者なのよ。他に御質問は……」

「目は緑で、最近迄目の隅に膜が出ていました」

「緑の目は、自分で運勢を切り開くタイプよ。目の膜は神経障害」

「つい最近迄高い所には上りませんでした」

「この雑誌あげるわ、猫の手相のことも出ているわよ」

話し終って急にGは落ち着かなくなってしまった。

「Gはいい年をして夢を見ているような目で、可愛い声で気味が悪いとか、男を見ると喜ぶとか陰口を言った男がいたのよ。その人、弱い者いじめするのよ、権威に弱いの。土足で上ってくるタイプなの、苦手で嫌いなのはお互い様よ。わたしが嫌ったら、Gは呆けたって言って歩いているのよ」

私もGと似たような目に遇った。世話になった人の悪口を言ったとデマをとばされた。

おもいやりのある人で悪く思ったことはなかった。「考えもしないことです」と、デマをとばした人の前で叫んだものの、他にも人が居たので恥をかかせてはと思ったとたん、「このごろ忘れっぽくて」と言ってしまった。その瞬間感情のバランスが崩れ、異常なほどニコニコしている自分に気付きながらどうすることも出来なかった――。そのときのことが甦ってくると、悔しかったり不安になったりして、なにか食べれば落ち着くから食欲はないのに食べ続け一時は四キロも太ったが、胃腸障害を起こし元に戻った。

「わたしのこと、馬鹿な役が得意な喜劇役者に似ていると言ったり、本当に詩を書いているのか、って疑った人もいたのよ。でも昔、わたしとダイアナのうつむいた顔が似ていると言ってくれた人がいたわ。女性なんだけど、特別にいい方で、わたしのファンだったから……。ダイアナが死んだとお知らせしたら薔薇を持って来て下さったのよ。わたしの好きな何人かの人たちにもお知らせしたのよ。そうしたら思いがけなく皆さんから届いて部屋中花でいっぱい……白い花ばかりでなくて、スイトピーとか酸漿《ほおずき》の鉢も。四十九日には可愛い絵皿をお返ししたのよ」

Gが帰った後で、「Gさん、御病気になるんじゃないかしら」と志野が呟く。私は、

「猫の縫いぐるみ、このお店に飾っておいたほうが……」

「貴女がお持ちになっていらっしゃるほうがいいと思います。Gさんは『猫の殺人』を完

成なさって、来年くらいに、小さな貴婦人のメルヘンをお書きになれるような気がしますので……」

帰りにGが怒っていたデパートの花売場を覗いてみたところ、ゴテゴテに化粧をした顔立ちの整った女店員が、身なりの良い老婦人に愛想をふりまいている。Gの目には醜く映ったのだろう。そのとき淡い灰色が見えた。小さな植木鉢だった。女店員が近づいて来た。

「おいくらですか」

「それ高いんですよ、四万円です、大理石ですから」

デパートを出て、「インテリア」という映画を観た。女たちは魅力があるのに、ぬえみたいな男ばかり登場する。

私の外出中に雲の妹は初めて部屋から出て、家主の部屋を覗いたらしい。入口で坐りじっと見ているので声をかけたら、見ないようにして戻って行ったそうだ。

「片目だけ緑に光るのね。まる顔で鼻が低くて、猫としては器量が悪いって主人が言っていたわよ、フフフ」

と家主の息子の嫁が言う。三毛猫なのに配色がうまくいかず不器量に見える。雲は枕を好んだが、妹は座布団などに顔をぐいと押しつけて寝る癖があるせいか潰れたような顔をしている。

「でも頭はいいんです」

思わず味方して、雲が生きていた九年間妹はほったらかしておいたのにと苦笑した。猫は七歳から人間の言葉が全部分るとなにかで読んだが、その頃から妹は食事のとき以外ほとんど姿を見せなかった。

部屋に戻り、Gに貰った女性週刊誌に出ている猫の手相を見ながら、「ちょっと観せてね」雲の妹の小さな掌には指紋のような細かい線がたくさん入っている。猿には指紋があるそうだ。猿の目をみないで下さいと立札に書いてあったと聞いたが、目が合うと妹は恐そうにする。雲のほうは三日月のように目を細めて笑った。ああ会いたい……。Gが小さな貴婦人と呼んだ縫いぐるみの目方を計ってみると五百グラムしかない。雲は五キロあった。……「竜太」で詩の雑誌を買ったとき志野は、小さな包みをさりげなく添えてくれた。中身は、顔は赤、からだは白い猫のブローチだった。派手な猫だけれど親切そうな顔をしているから、小さな貴婦人の友だちにしよう、と口の中で呟く。扇風機の傍に寝そべって雲の妹がそっと私を見ている。

三

詩の雑誌を開いた。「猫たちは人間に変身するのが好きだ。しかしそのままでは鏡に姿が映らないし猫のままだから短命だ。ほんとうの人間になりかわるためには自分が変身したいと思う相手を殺したとき永遠にその人になりかわれる。猫の王女は決心して、人間には珍しく感じのよい青年に近づいたが、心から愛してしまい、殺せなかった。他の人を殺して、長生き出来る人間にならなければならないので、青年に気に入られるような相手をさがすために旅に出た」。以上は、前回までの梗概である。以前はすこし離れた場所に雲が静かに居て、一緒に読んでいるような感じだった。死ぬ前に雲は青年の姿で私の夢に顕れた。雲の青年は灰色の建物の中へ入って行きかけて、戻って来て「妹をよろしく」と私に言った。青年の隣にずんぐりした娘に変身した雲の妹が佇んでいた。現実ではこんな優しそうで清潔な男性に会ったことがない。

＊

猫の王女は、素敵な娘を殺しその人になりかわり、青年と結婚しようと思う。青年はジャニス・ジョプリンが好きだ。しかしジャニスがロスアンジェルスのホテルの室で死んでいたと新聞に出た。彼女の傍には封の切られてない煙草の箱、手の中には、煙草の釣り銭四ドル五十セントがあったそうだ。

ニューヨークにゆけばジャニスみたいな娘に会えるかもしれない……。いま王女は飛行機に乗っている。留守中は、王女そっくりな妹が人間に変身して青年と会うと約束してくれた。青年は目が眩んでいるため姉妹の見分けがつかない。……ニューヨークは一番怖しい場所だと聞き、ホテルの室から一歩も出られないのに、壁のペンキが臭うからまいってしまった。ロスアンジェルスに移り、城に電話をかけると母が出て、妹は猫の恋人が出来て人間に変身しないので、青年が訪ねてくるたびに言い訳に困って、旅に出ているけれどすぐ戻ると言ったから手紙を出すようにと言った。王女は、貝殻の蓋にいろんな種類のドライフラワーの花びらが詰まっていて花びら自体が匂う花の香水に、「愛しています」と書いた手紙を添えて郵送した。

『猫の殺人』を読んだ後私はおとなしい縫いぐるみ・小さな貴婦人の薄い青と淡い紫の光が微妙に交錯した目を見ている。雲が生きていた頃に見た夢を思い出した……近所の子供が石を投げるから雨戸を閉めた。部屋の真ん中に仰向けに寝た雲の優しい目が、薄い青と淡い紫に静かに輝いている。辺りが静かになったので雨戸を開けると、雨あがりの浄い匂いがしてうっすらと青い光の差す庭に喪服姿の女が顕《あらわ》れた。

ある日小さな貴婦人の片目がぽろりと取れて、奥にもう一つ暗い緑のガラスの目が現れた。元通りにしなければ……。雲の写真を見ながらセメダインで貼り付けることにした。すこし位置がずれても感じが変ってしまう。自分が怒ったような真剣な表情をしているのが分る。後で鏡を覗いたところ私の片目は真紅の花びらが貼りついたように充血していた。

「治りますが、あまりよい状態ではないですよ」と医者が言った。その夜、夢の中で近所の子供が、十五年棲んだビルを揺らしている。まだ中に雲が居るからやめて下さい。横たわった雲の体温がひどく低い——。

目が覚めて、のめりこまないようにしようと思い、小さな貴婦人を後ろ向きにした。でも長い尻尾の感じまで雲に似ている。

「竜太」を覗くと、相変らず志野は本を読んでいる。

「あの縫いぐるみを父が買ってきたとき母は目が恐いって嫌っていました。それが奥に付いている緑の目で、薄い青と淡い紫が混ざったような目のほうは、私が子供の頃父に買ってもらった苺のブローチなんですよ。苺なのに不思議な色でしょう、ちょうど同じ大きさの粒が二つ、濃い緑の帯に付いていたんです。大切にしていたのに、母がどうしても欲しいって言って物凄い声で泣くので渡しましたら、ブローチをばらばらにして、『竜太さんこっち見て』ってニコニコして縫いぐるみの緑の目の上に苺の実をセメダインで貼ったんです。母はこの目のことを、海と呼んでいました。海がこういう色になるときがありますね。母は、竜太さんは灰色の空から落ちて来た一片の雪だと言うんです……。よく夜中にぎゃと叫んで目を覚まして、竜太さんが闇の中に消えちゃうと、幼い子供のように泣き続けました。でもブローチの目を付けてからは恐怖感が消えたらしいんです、縫いぐるみと竜太さんの見分けがつかないみたいでした。……縫いぐるみには鼻先が付いてなかったので私が付けました」

四

一ヵ月経ち、詩の雑誌の発売日に私は「竜太」の入口で、両手に鉢植を持ったGにばったり会った。鉢植のアロエには「苔ミド」、ベゴニアには「赤兵衛」という渾名をつけて育てるそうだ。マドリッドで買った縫いぐるみのライオンには「マドリ」、入院して点滴をしていた時期に知人が届けてくれた鰐には「てんてき」とつけたそうだ。

「昼間はベッドに縫いぐるみたちを並べて、夜は部屋のあちこちに置いて見張ってもらうのよ。小さな貴婦人を縫いぐるみたちの真ん中に置きたいわ。小さな貴婦人は手を内側に曲げてゆったり坐っているでしょう、猫があういう恰好をするときは安心しているからなのよ。ほんとうに誰が持っているのかしら」

私は店から出てしまいたい気持だった。縫いぐるみを譲ることは出来そうもない……。

「家から二十分くらい歩いたところに感じのいい魚屋さんがあって、粋な料理屋が並んだ場所を通ると近道なのよ、買った魚を持って歩いていたら、ニャーニャー言って塀づたいに追いかけて来た猫、横に広い茶色い顔なんだけど、ちょうど鼻筋のところだけ細長く真っ白なのでお祭に見る少女のお化粧みたい、フフ。ダイアナが死んでから魚屋さんに行かなくなってもう三十五年も経ったんだわ……。さっきここにくる途中で、犬が糞をしたくなってしゃがんだとき、さっとお尻の下に新聞を敷いた若い女の飼い主がいたわよ、フフ。この間お墓参りに行ったとき、急行で坐って行こうと思って十五分前に行って先頭に並んでいたんだけど、そこは乗車口でなかったので坐れなかったのよ」

とGは楽しそうに話す。そこへ客が入って来た。志野はそちらへ行き、Gは私に向かって、

「志野さんには霊感があって、競馬の騎手が墜ちるのを当てたのよ。貴女のこと、親から離れて仕事をしたほうが才能が発揮出来る相で、そのほうが小説を書くのがずっと楽になると言ったわよ。志野さんは人によっては全然霊感が起こらないんですって。あんまり不純だったり不潔な人とは波長が合わないでしょう、馬鹿男、異常男、蓮っ葉女も駄目だと思うわ」

志野は「竜太」を開く迄、郵便局に勤めていたが、上司が使いこみをしているような気がした。上司が近づいてくると、心臓が圧迫されるし、冷や汗が出るので精神衛生にもよくなかった。あっさりした服装が好きで宝石は欲しいと思わないし、楽しみはおいしい物をすこし食べるくらいなのでお金がたまっていた。それを元手にし「竜太」を始めようと決心したとき、上司の使いこみが発覚した。精神衛生によくない原因が取り除かれたので、定年迄勤めようかと迷ったが、勤めをやめてから陰鬱でなくなったのでこれでよかったと思ったそうだ。最初はあまり好きになれない人形なども売ってみた。それに客が集まり支店を出せるようになって、一軒は自分の好きな物だけ置くことにした。「ときどき霊感が起きる時期があって……最初は道を歩いていたとき、今迄見えなかったのに急に何人もの人に囲まれて、ぶつかってしまいそうでうずくまりました。好きな人が出来ても将来うまくいかないと分ってしまって駄目になるんです。十代のとき人を好きになって途中から霊感が起きたんです。その人が欲しがっている物がみんな分るので、好きだったのでかなえてあげたいと思いました。いろんな物を上げました。金縁のサングラスを贈ったとき、その人が蒼蠅みたいに見えて、唇の間から羽音が聴こえそうだったので、それきり会いませんでした。しばらく霊感は感じられませんでしたけれど、今度猫が来てから霊感が戻ってきたんです。家出をした後もまだ消えていません」。志野は結婚したら母親のように狂うと信じているので、後に残す人もいないから、まとまったお金が出来ると仕入れを兼ね外国旅行をするのが楽しみだそうだ。「死ぬときは知らない土地で知らない人の中で死ねたらと思います」と言った。

「父は、わたしが小さい頃に死んでしまったけどスイス人なのよ。こまやかで優しかったっていつも母は言っていたわ。わたしは日本人の祖母似だけど、スイスでは誰にもいじめられなかったのに、日本に呼び寄せられて、最初に見下げたのは日本人の男の教師だったのよ。『混血はきれいな筈なのに、例外もあるんだね』とにやにやして近づいて来て、わたしが黙っていたら、『なんか言ったらどうなのか』と突然頬を叩いたのよ。先生が近づいてくるとポマードと出涸らしの紅茶が混ざったみたいな臭いがして、だんだん息苦しくなるのよ。それからはクラスで仲間外れにされるし、陰で先生に青ぶくれって渾名《あだな》をつけたいじめっ子くらいは味方になってくれるかと思ったのに、獲物にされてみじめだったわ。先生が男にしか見えなくなっちゃったから二度と先生って呼ばなかったわ。一年中通信簿に『愚鈍』と書かれて、『Gは繊細で鋭敏なのに』って母は不思議そうにしていたわ。とうとう家族会議が開かれて学校に行かなくていいことになったのよ」

Gの話を聞きながら久しぶりに私は昔のことを思い浮かべた。「社会性に乏しく、友だちさえつくる能力が無い」と中学の教師に言われ、誰とでも明るく接しようと思ったが、陰気な声を出したほうが顔に合うと同級生に嗤われた。狭い家の中に母の店の従業員も住み込んでいて勉強に集中出来にくい環境だったが学校よりはましだった。朝礼に遅刻したとき、器用な生徒が作った家庭科の宿題の人形がなくなり、皆が講堂に行っている間教室に残っていたのではないかと教師が疑った。ある日家に白猫が入って来た。どこの猫かしら、気がつかないふりをしていたらいつまでも居てくれるだろうか。猫はゆったりと歩きまわり、すーと出て行った。不思議なほど静かな気持を取り戻している自分に気付いた。

「お医者さんから歩いて足を鍛えなさいって言われたのよ。外に出るとここに来ちゃう、昨日も来たのよ。ここは他と比べたら極楽よ、志野さんは白い蓮の花のように美しいし。貴女、わたしより十歳くらい年下かな」

とGに訊かれ、思わず顔がこわばってしまった。心労が重なりふけてしまったが、Gは確か七十過ぎ、私は四十になったばかりだ。あっ、しまった、という声にならない叫びが

Gから聴こえ、心からすまなさそうに縮こまっている。演技ではないし、厚かましく鈍感で無神経、意地悪女でないと分るから、その場の空気をなごませたいのに気の効いた言葉が見付からない。客と話している志野の方を、私とGは二人とも消耗してちらちらと見ている。だいぶ経ち「私は猫並に一年に何歳も年を取るのです、だから人の一日は何日にもなるんです」と冗談を言おうと思ったときには話題が変っていた。……ダイアナといつかめぐり逢えるときがくるのを思い、詩をつくっては、「エーデルワイス」の節で、猫のお骨と写真に向かって、すこし音程の外れた美しい声で歌っているそうだ。Gの気持がよく分る。ダイアナの生まれかわりのようにそっくりな雲をめぐって私はGと同一人物みたいに重なる部分があるらしい。

「ダイアナの写真を飾っているので、写真なんか撮るから死ぬんだと言った男がいたのよ。猫は人間が考えられないほどカメラに神経を使うのよ。でも男のくせにそんなこと言うなんて、フン」

私の作品が評判になった時期、新聞社等が写真を撮りに来た。私は写真嫌いだが雲と一緒だと心強いから並んで撮ってもらった。「ペットと一緒に写真を写すなんてどこのお嬢さんに思われるじゃない」と知人に厭味を言われた。

「ダイアナが死んだとき、子供を亡くしたみたいですねってにやっとした人がいたけど、そんな言い方好きじゃないわ。せめて恋人に死なれたみたいだと言ってほしいわ。その人、猫好きなんですって、疲れちゃう。猫は猫として好きなのに。猫崇拝はグロテスクだと言われても構わないわ」

突然Gの目が吊り上ってしまった。

「あの医者め、誤診して……、汚職代議士そっくりな顔だったわ。ダイアナを殺した後で大病になって廃業したんですって。あんまりたくさん殺したから動物霊が憑いたかな。わたしいまだに病院があった道通らないのよ」

病院で死んだダイアナを、喪服を着て引き取りに行ったと言ったので、びっくりした。医者はびっくりした顔をして料金を割り引いたそうだ。

「小さな貴婦人を枕許に置きたいわ。すると寝息が聴こえるかな。目を見ていると気持が明るくなると思うのよ。小さな貴婦人、ダイアナ、それにもう一つ渾名をつけたいけど、あの子利口そうだから自分で考えるでしょう」

詩の雑誌を買って部屋に戻った。小さな貴婦人のお腹に付いている、イギリス製、洗濯出来ます、と印刷された小さな布に、におい袋を縫いつけた。におい袋は魔除け、虫除けにもなると記してある。手許にセロファンがないから透明なビニール袋に小さな貴婦人を入れた。埃が溜まると厭だ。人形の類が嫌いな理由の一つは汚れるからだと思う。穢《きたな》いものを見ると疲れる。

＊

王女は、ハリウッドのポスター屋に勤めて、素敵な娘を探すことにした。女優では華かすぎるし、女優志望の女たちにも会ったけれど不潔な感じがして、優しく清潔な青年にふさわしくなかった。或る日、東洋人の観光客らしい娘が二人、ジミー・ヘンドリックスとジャニス・ジョプリンのポスターを探しに来た。ジミーもジャニスも死んだので、もうストックがなく、天井に長いこと貼ってある埃の付いたものを剥がして渡した。一人は色が浅黒く細っそりして目が輝いていて美しい。この娘になりかわって青年と結婚しよう……、と王女は胸の中で呟く。ところがいつの間にか娘たちは店内からいなくなっていた。慌てて追いかけたがどこにも居ない。この辺りはバス停がないいし、タクシーもなかなかとまらないのに、こんなに早く姿を消すなんて、もしかすると猫だったのか——。後日ヒッチハイクした娘が殺され全裸で草叢に棄てられた事件があったが、あの娘らではなかった。

美しい娘を探すために香港に来て、観光バスに乗った。西洋人もいるが日本人が多い。見晴らしの良い丘で記念撮影をすることになりバスから降りると、疲れ切って真っ黒くなった老人や子供が、皿を持って近寄って来てお金をねだる。神を祭った丘の頂上に豚の丸焼きが供えてある。

「息子に処女の嫁が来たので、丸焼き豚を持ってお礼に来ます。処女でなかったら、豚はもて来ません」

と、中国人の洒落者青年ガイドが日本語で説明する。記念撮影に加わったが、王女だけ写っていなかった。

観光バスで最後に案内された「蛇の専門店」のショーウインドーに飾ってある蛇の骸骨は一日中眺めていたいくらいきれいだ。その日のうちに王女はここの店員になった。

見学に来た観光客を一室に並べ、マスターが壜詰めの毒蛇を見せ、

「蛇は一年に一度しかセックスしません。でも八十時間やりっぱなし」

観客がわく。マスターは大きなピンセットで壜の中から酒に漬けた蛇の性器を摘んで、

「このお酒を飲めば、蛇ほどじゃなくても精が付くよ。今から皆さんに御馳走するよ」

とニタっと嗤う。そのとき、コバルトブルーのチャイナ服を着た女店員が数人入って来て、小さな器に入れた酒を配る。その中に王女もいる。少量の酒で客がいい

気分になった頃合を見計らって今度は数種の漢方薬を売り歩く。

休憩時間にマスターが喋り出す。「猫の丸揚げを食ったことあるよ。猫を閉じこめておいて、戸を開けると、逃げてゆく。ところがちょうど油が煮えたぎった鍋の中へ飛び下りるように仕掛けておくのだ。凄い顔をして皿の上に載ってたよ」。王女は「ギャ」と叫んでしまった――。ここに来て十日も経たないうちに王女は疲れ切ってしまい、不気味な夢ばかり見るようになった。一度墓参りに帰国しようと思う。

かっと目を見開き苦しそうに口を歪めた雲の死に顔が、皿の上の猫の表情と重なり、私は「ギャ」と叫んでしまった――。

五

「竜太」に志野とGと私が集まった。今回の『猫の殺人』に出てきた二人の娘は、以前雑誌のグラビアに出た雲と妹の写真を眺めているうちに書けたとGは言った。雲が牡だと言いそびれてしまった。Ｇは突然訪ねて来た知人に、「太ったし、日に焼けて元気そうじゃないですか」と言われたそうだ。「顔がむくんでいるのに。下を向いて陰気にしているのは嫌いだから一所懸命明るくしているのよ。白塗りの厚化粧をしたら、病気かと思って気持悪がって訪ねてこなくなるかな。このごろ洗っても洗っても俎板や庖丁に黴菌が見えるような厭な感じで、好きな野菜を切るのも面倒なのよ。食欲が無いけど、近所のお蕎麦屋に何回目かに入ったとき、わたしの隣の卓に注文を訊きに来たのに、無視して行っちゃったの、運び係はその女だけで、あとから入ったお客が食べ終ってもこないのよ。お客は四人だけだから見えない筈ないでしょう、意地悪したのね。みんなじろじろ見るし、出ちゃおうかと思ったけど、思い切って『お願いします』って言ったら、調理の人が顔を出して店員に注意したのよ。しぶしぶやって来て、『またきつねですか』って突慳貪なのよ。好きなんだからいいじゃない。もう行かないわ。……小さな貴婦人が出てこなかったら夢も希望もないから、母とダイアナのお骨を持ってスイスの養老院に入ろうかな」

「この前観た映画、外国の養老院の話でした。痩せた女が、象のような足のお金持の老人を支えて、水が膝小僧迄しか無いプールの中を歩いているんです。それが唯一の運動の時間なんですって」

と志野が言い、Ｇは考えこんでいる。

＊

久しぶりに城に戻った王女のためにパーティが開かれた。両親はすっかり年を取り歯が無くなり、柔らかい白身の魚や豆腐料理を歯茎で食べて、揺り椅子の上でうとうとしている。妹の夫は猫にしては珍しく目が細い。弟たちの子供はまだ全部赤ん坊だ。

「この子たちは素直な猫らしい猫に育てたいので、三歳児迄が大切だから、この子たちの前では猫らしくして下さい」

と弟たちが言う。

「よろしくね」

と妻たちが言う。

「お姉様の部屋はそのまま空けてありますから、早く本物の人間になって戻って来て下さい」

と弟が言う。

「そして僕たちが死んで森のお墓に入った後、子孫をお願いします」

もう一人の弟が言う。王女は頷いたが、すでに諦めかけている。父の著書の猫の殺人のことを書いた箇所に「殺す相手は必ず深く愛さなければならない」とあるので、娘になりかわるためには女同士愛し合わなければいけないし、たとえなりかわれても、青年はその女性を気に入るだろうか。青年を愛しているから牡猫とは結婚出来ない。妹や弟たちが家庭を持った今となってはまた旅に出るほうがよいのだと思う。

翌朝、王女は以前青年と二人で歩いた黄色いマーガレットが咲き乱れた庭を独りで歩いてゆく。もう会えないかもしれないわね、どうぞお幸せに……、と胸の中で呟く。

「お姉様、お早うございます」

森の木の上に妹一家が居て、手招きしている。王女は木を上ってゆく。でもあまり長いあいだ人間になっていたので思わず足を滑らせ川へ落ちてしまった。「あっ、猫が流されてゆく」と言って飛び込んで来た青年に王女はしがみつく。王女を忘れられずに思い出の庭に戻って来ていた青年は、森に迷いこんだのだった。早い川の流れの中で二人で死ねたら本望だわ……。手が離れ、気がつくと王女は岸に寝かされている。弟や妹の覗きこんだ顔があって、

「お姉様だけ助けましたが、あの青年は間に合わなくて……」

と妹が言う。泣きながら自分の部屋に駆け込んだ王女は鏡の前に立ち、自分が青

年に変身したことを知った。

最終回を読み終って、まるで雲を見たときのような優しい目で小さな貴婦人を見ると、雲の妹が並んで坐っていて、私と目が合うと緊張して堅い表情をした。

六

雲が部屋の中に戻って来た夢を見た。淡いチャコールグレーが美しかった。……久しぶりに小説を書いていた。『窓辺の雲』という題にするつもりだ。「窓辺の椅子に坐っていると、猫のかたちの白い雲がゆっくりと近づいてきた。」という箇所がある。

一ヵ月半ぶりに「竜太」に出掛け、Gが寝就いていると聞いた。Gは苛々して歩きまわり駅の階段でころんで捻挫した。育てていたベゴニアとアロエに水をあげすぎて根が腐ってしまったことも苛々した原因らしい。その後でヘルペスが顔に出たのだそうだ。顔に出来ると失明することもあると聞いたが、Gの場合比較的軽かったらしい。私のときは胸、腋の下、背中にかけて帯状にグロテスクな桃色で大粒の水脹れが五十粒以上並び、痛かった。近所の病院で、こんなになる迄が苦しかった筈なのに無医村みたいだと言われた。ヘルペスが出る一年程前から背中が痛くて暇なときは寝ていた。デパートの毛糸売場に勤めていた頃、激痛が走り軀が硬直して動けなくなって一日休んだところ、「大袈裟だ、甘えている」と言われた。一年で跡が消えると医者は言ったのに、三年経っても胸の部分はケロイドみたいになっている。ヘルペスは湿地帯で感染すると聞いたが、前に棲んでいたビルは頑丈そうなのは外観だけで、風と埃は入ってくるし、雨漏りがひどく、壁に貼った麻布がぶよんぶよんになって垂れ下がってしまった。滅多に雨が降らないスイスで育ったGはどんな立派な家に棲んでいても日本に居るかぎり不平を言いたくなるだろう。

「お医者さんはもう起きていいって言ったらしいんですが、『猫の殺人』にエネルギーを使い果たしたから当分は起きられないとくたっとしていらっしゃいます。お見舞いに伺ったら、汚れているから靴のまま上ってよかったのにっておっしゃるのよ。もう十一月なのに畳の上に紋白蝶がじっとしていて、まだ生きていたので庭の茂みに置いてあげました。集金に来た若い人が持っていて、『お婆さんにあげるよ、殺さないであげて』と笑ったんですって。わたし馬鹿に見えるのね、とGさん淡々としていらっしゃるのよ。この前迄はGさんをお婆さんと言った人に、お婆さんとか小母ちゃん等と馴々しいのは日本人の悪い癖だと懇々と意見なさったらしいんです。ダイアナが毎日のように夢に出てくるようになって、『猫の殺人』が書けたけど、ダイアナと一緒にお菓子屋に行った夢が最後で、もう何日も見ていらっしゃらないのですって。剥製にしておくんだったなんておっしゃって……」

更に二ヵ月程経ち、歯医者の待合室で見た週刊誌のさがし物欄に、Gが小さな貴婦人の行方を探していると書いている。「でも私が死んだ後は、持ち主にお返しします。それまでに汚してはいけないから手製のショールにくるくるにくるんでおきますから、持っていらっしゃる方はどうかお知らせ下さい」

珍しくGがラジオに出ると志野に聞き、電池を入れ替えた。Gのか細い声が聴こえてきた。まるで読んでいるような話し方だ。

〈舅と姑の食事の仕度をした後、庭で洗濯をしていると、箸で茶碗を叩いています。「G、御飯にしておくれ」「召し上ったばかりでしょう」「食べていないよ」。惚けているのです〉

あれ、Gは凄い年なのに舅がいるのだろうか……、と私は思う。そのとき「四十年も前のことです」とGが言ったので、あっ、昔話かと分った。

〈市場にゆく途中、突然目の前で木洩れ陽がさーと揺れ出します。一瞬わたしは別の世界に入ったような不思議を感じました。人が傍を通って行くようだけれど姿かたちははっきりと目に映りません。いつもは前から歩いてくる人、後ろからくる人、立止まっている人等、すぐ気に障ります。木洩れ陽を動かした風はシャガールの描くような足の長い青年で、木洩れ陽を見ていたのは幼い自分だった、と空想してみます。あの頃は幸福でした。……新婚旅行にはきれいな湖に行こうと夫は言ったのに約束を破りました。嫁ぐとき二度と実家の敷居を跨がない覚悟でと祖父母に言われたので帰れないから、夫が死ねばいいと思い続けました。ところが死ぬのは実家の人ばかり。木洩れ陽を見たあと離婚しようと決心しました。みんな死んでしまった実家に戻って間もなくダイアナとめぐりあったのです。ダイアナがいなかったらどんな月日だったでしょう……〉

私はそこまでGの話を聴きますます面白くなりそうだと思ったのにうとうとしてしまい、目が覚めたとき、Gの話は幼い頃のことに変わっている。急にGの声が明るくなった。

〈スイスのわたしの家には人形の家がありました。小さい頃に亡くなった父がつくってくれたんです。愉快な道化師一家の家なんですけど、応接間には緑を含んだグレーのきれいな服を着たわたしの肖像画が飾ってありました……。台所にはフライパンや帚やはたきも吊してあるんです。わたしが見ていない間に人形たちは御馳走を食べたり掃除をするんだと子供のときは考えました。でも魔法の力が働いていて、帚は減らないんだって母は言いました〉

「きっとGさん、小さな貴婦人のメルヘンをお書きになるわ」

と私は呟く。Gにとって小さな貴婦人は幼い頃のGに重なるのだろう、とふと思う。久しぶりに鏡を覗くと、雲が死んだ後こめかみに出来た茶色いしみが、いつの間にか薄れていた。

第八十五回芥川賞選評

昭和五十六年上半期

授賞作「小さな貴婦人」　吉行理恵
候補作「金色の象」　宮内勝典
「祀る町」　小関智弘
「百舌が啼いてから」　長谷川卓
「火炎木」　木崎さと子
「真澄のツー」　上田真澄
「傷」　森　瑤子
「風のけはい」　峰原緑子

安岡章太郎

世の中には、ネコ好きと、イヌ好きと、二種類の人がゐて、ネコ派とイヌ派はまつたく性格や嗜好がちがふらしい。私はイヌ派であり、したがつてネコ派の文学には同調し兼ねるはずであるが、「小さな貴婦人」（吉行理恵）はおもしろかつた。主題はネコにちがひないが、それよりはむしろ都会で生れ都会で死んで行く都市生活者の心情といつたものが全篇の基調になつてをり、その甘酸つぱいやうな抒情性が、近頃にはめづらしく、おもしろいものに感じられたのである。

すぐ近くで地下鉄やビルの工事が続き、通りがかりの酔つぱらひが放尿したりガラス戸を割つたりするやうな家の一部屋で暮らしながら、「王女」だの、「貴婦人」だのと言ってゐるのは、普通なら歯が浮きさうになるところだが、この作品の場合、さうならないのは、生活の臭ひの稀薄であることが生活であるといふやうな、都市生活者の感情が文章のすみずみにまで行きわたつてゐるからであらう。

都市生活者といへば、「祀る町」（小関智弘）に登場するのも、別の意味の都市生活者であるにちがひない。小関氏の皮膚の毛穴に鉄粉がしみこんだやうな文章は悪くないと思ふし、火焔ビン時代の共産党員が、いまどうやつて、何を考へて暮らしてゐるかも興味のあるところだが、作者は筋を追ふことに忙しく、主題を充分につかみ切つてゐないうらみがある。題の「祀る町」はこの場合、ひとりよがりの感傷に過ぎるのである。

今回も、一五〇枚、二五〇枚といつも、短篇と呼ぶには長過ぎる作品が目立つた。勿論いくら長くたつて、内容がそれにともなつてゐれば文句はない。しかし今回の候補作をみても、空疎なるものを長々と引つぱつて小説なりと称してゐるは困りものだ。ノド自慢なら途中で鐘を叩いて終らせることも出来やうが、小説は最後まで読まないわけには行かないので、選者は疲労困憊させられた。

丸谷才一

候補作八篇のうち二篇だけがいくらかましで、あとの六篇は問題外だと思った。どうしてこんなものが予選を通過したのだらうと狐につままれたやうな気持で考へこむのが読後感の大部分、といつた作品が多すぎる。困つたことだ。

論評に価する二篇は、宮内勝典氏の『金色の象』と吉行理恵さんの『小さな貴婦人』である。『金色の象』は、題材はもう陳腐になつたヒッピー生活の後日譚だが、ところどころ文章がいい。話がごたごたと長く、焦点がまとまらず、ぢれつたくてぢれつたくて仕方がないけれど、最後にお寺で供養するあたりから急によくなつた。ずゐぶん古風な作り方の小説だが、もう一息で、古風なりに何とか恰好がつく作家なのかもしれない。『小さな貴婦人』は、小説としては中身があまりにも他愛ないが、作者自身そんなことは百も承知で書いてゐるのが強味だらう。これは童話、散文詩、随筆などといふ小説以外のものの混成で小説を書くといふ、反小説的な試みである。だから中身の他愛のなさも、一種の批評的な気持のあらはれといふことになるし、普通の小説家が中身だと思ひこんでゐる汗くさいもの、埃つぽいものが逆にからかはれてゐる、と考へるのが正しい。

その批評的な行為が充分にうまく行つてゐるとは思へないが、文章の感覚は鋭いし、それに作品全体が妙に安定してゐる。この坐りのよさは、おそらく、自分の本当に書きたいことを自分の書きたい流儀で書いたせゐで生じたものだらう。これは近頃珍しいことで、わたしはその珍しさに見とれながら、しかしそれにしてももうすこし何とかならないものかと惜しみつづけた。

大江健三郎

　今回の女流作家たちの仕事は、感覚の鋭さという軸にそって見ると、吉行理恵（＋）、木崎さと子（＋）、上田真澄（＋）、森瑤子（－）、峰原緑子（＋）、ということになる。つまり散文の仕事をするか、詩の仕事をするか、その分岐点にあるような文流が、小説の世界に入ってきているのだろう。

　その感覚の表現が安定しているかどうかの軸では、吉行（＋）、木崎（－）、上田（＋）、森（－）、峰原（－）、となる。作家としてのオリジナリティーという軸では、吉行（＋）、木崎（＋）、上田（＋）、森（－）、峰原（－）、となろう。また、将来への発展性ということでは、吉行（－）、木崎（＋）、上田（－）、森（－）、峰原（－）、となるように思う。

　これらの結果をグラフにしてみると、あきらかに吉行理恵『小さな貴婦人』がプラスの領域にある。僕はその受賞に、消極的に賛成する。つまり最後の投票で、僕は反対に一票を投じたが、多数派による授賞の決定には賛成する。すでに中年にいたって、自他の自閉的な狂気に接する（しかし正気の側の）感受性を、このように安定した書きぶりで表現できれば、その人はもう作家だ。器の大小はあるにしても、それは外側からの評価の問題で、作家自身にとってなにほどのことだろう？猫がそれ自身のなかに閉じこもって、誰にもなんともいわせぬ自恃を持っているように。

　僕がこの作品の受賞に消極的に賛成だったといった以上、積極的に授賞したかった作品があることもいわねばなるまい。それは上田真澄『真澄のツー』と、小関智弘『祀る町』である。前者の、ケストナーの『ファビアン』を思わせるモラリストのユーモアと悲哀。後者の、土地と生活と時代に根ざした強さ。しかし経験豊かな選者たちに、前者のおさなさをいわれるとそうだとも思う。また後者には、一冊の本として直木賞をえられることを望みもするが、それは僕として越権した言葉だろう。

吉行淳之介

今回受賞の吉行理恵は、私の実妹なので、銓衡委員としての立居振舞に困惑した。五年半前に候補になったときは、銓衡会に出席はしたが、妹の作品にたいしては棄権した。そのときの「針の穴」という作品も悪くはなかったのだが、今回の作品はなかなか良いとおもった。前に比べて、床板がしっかり張れた感じである。今度はひとつ、自分なりに客観的になって、票を入れてみようと考えた。十五歳年下の妹というのは、他人のようで他人でない厄介な存在だ。

理恵は一時期、猫から離れた作品を書いて、今度一冊にまとまったばかりだが、この作品はまた猫である。やれやれ、と読みはじめたが、もはや病膏肓《やまいこうこう》、猫が自分か自分が猫か、猫の人相学や手相まで出てくる始末で、ここまでくれば許せるとおもいはじめた。読んでいるうちに、おもわず声を立てて笑ってしまったところが数カ所あったのは、この人猫一体のためであろう。たとえば、犬猫病院で死んだ猫の死体を、喪服を着て引取りに行った婦人がいて、医者がびっくりして値段を割引いてしまった、とか。なにかまじめな顔のユーモアを感じて、そういうところを評価した。

詩的散文、詩的なエッセイなどという評があったが、いずれにせよ散文詩ではなく、散文になっている。それにしても、今年の不順な天候のときに読むには、入り組んだ話なので分りにくくて閉口した。もうすこし行替えでもしてみたら、どうだろう。

中村光夫

今回の候補作では、女性の作家たちが、力をこめて海外の素材を扱つてゐるのが目につきました。数へて見れば、女性は異色の吉行氏を入れても五人で、男性より二名多いだけですが、それらの作家はよかれあしかれ、個性が強く、力一杯の作品を書いてゐます。

森瑤子氏の「傷」は力作といふ点では第一にあげるべきでせう。物語りの趣向は充分にこらしてあり、取材の範囲もひろく、登場する青年男女もみな現代風の一癖ある存在です。しかし肝腎の女主人公が人間として生きた印象をあたへないのは致命的欠陥で、作者が小説について何か大きな考へ違ひしてゐるのではないかと思はれます。

それにくらべると木崎さと子氏の「火炎木」は、おそらく作者の体験がこめられてゐるせゐか、人物に現実性があり、作者の関心事たる人種の問題も、無理なく表出されてゐると思はれますが、難がないだけに奥様芸といふ感じです。

　男性の作家では、宮内勝典氏の「金色の象」と小関智弘氏の「祀る町」がそれぞれ切実な題材をとりあげて一応の水準に達してゐます。とくに「祀る町」は注目すべき野心作と思はれますが、それだけ工夫の足りなさが目立ちます。

　以上のやうな小説の怖さを知らぬ、どこか呑気に書きながした作品とならべると、吉行理恵氏の「小さな貴婦人」は、小品ながら段違ひの出来栄えです。

　これが小説といへるか、我儘な感覚の氾濫が、たとへ猫の形をかりても人間の世界を描いてゐるか、といふやうな疑問はいくらでも出せませう。

　しかし作者の純潔な、同時に宿命的な猫への執心が、或るものに達してゐることはたしかなので、小説を文学的感動を生む散文とする大正期の思想が、ここにひとつの実を結んでゐます。

遠藤周作

　今の状況では年二回も芥川賞授賞作を出すのはどうかとこの頃いつも思う。年一回で充分なのではないだろうか。

　前回（一月）にも書いたのだが、あきらかに候補作品の水準が年々、少しずつさがってきているようだ。今度も前回にくらべて、ほぼ同程度か、それ以下だと感じた。自分の感覚と自分の文章を持っているのは吉行理恵さんだけで、この事は誰の眼からみても明らかだった。

もうひとつ、今回は五人も女性の作品が入っていたが、女性の候補作家にはえてして人間をイヤな眼で見るのが文学だと錯覚している人がいる。ひねくれた眼、不信の眼で人間をながめ、そう書くのが文学だと思っている人がいる。そして技術だけが悪達者になっているが、読んでいても読了後も作品の底から読者をうつものがなく、こちらを疲れさせるだけだ。結局人間が描けてないのである。人間をはじめから不信の眼鏡でながめている点、一種の偏向小説になっているからだ。

そしてこういう作品はたいてい、他の候補作品とどこか同じものがあって、違っているのは作者の名だけだ。そういう作品が毎年、候補作のなかに二本ぐらいはある。

私は芥川賞は年に一回で充分だと最近思う。授賞作品など、そう滅多に出ないほうがよいような気がしている。なにしろ新人賞があっちにもこっちにもあるのだ、そうでないと芥川賞の水準が低くなる。しかしこれは一銓衡者の個人的な感想であって、世のなかはそうは運ばない。

丹羽文雄

吉行理恵さんの詩人としての繊細な感覚には心をひかれましたが、すこしごたごたしてます。もたついた分だけ、小説が弱くなっていると感じました。

木崎さと子さんの「火炎木」がよいと思いました。このひとは前回「裸足」を書いてます。「裸足」にも感心しました。材料の世界が、ともに外国となってますが、どちらも足がしっかりと地についています。今回の候補者八人の中で、女性が五人もいました。どうやら日本の文壇も、地図を書き改めなければならない時となっているようです。いろんな女性のものをみてきましたが、その中でも木崎さと子さんは信頼の出来る作家のように思いました。アメリカではじめて子供を生むところが素直に書かれています。私の娘がアメリカで、はじめて男の子を生んだということもあって、「火炎木」の出産のもようを、ほかのひととはまたちがった思いで読んだせいかもしれません。生まれたばかりのわが子に対する若い母親の不安も、納得出来ます。

女性の作家はとかく刺戟的な題材をえらびたがるきらいがありますが、出産という、何でもない材料（本人にとっては生死にかかわる重大事件でしょうが）を、女性でなければ書けないところをよくとらえています。満洲でなじんだ真赤な太陽の追憶も、出産にからめて思うとき、単なる感傷とはいいきれないものを感じさせました。

井上　靖

候補作八篇、それぞれ面白く読んだが、どれも一長一短、他を大きく引きはなして、特に傑出していると言える作品はなかった。

その中で木崎さと子氏の「火炎木」、森瑤子氏の「傷」の二篇が、まあ小説を書く態度で押し切っているとは思ったが、それぞれにまた欠点もあり、それが目立っていた。それに両氏とも前作を読んでおり、こんどの作品がそれより優れているとは思われなかった。

結局、当選作は吉行理恵氏の「小さな貴婦人」と決まった。なかなかいい資質を持った作家であり、詩人であることは知っていたが、こんどの作品は小説としては弱いと思って、私の場合は初めから銓衡の外に置いていたが、結局、候補作の中から文学作品として最もでき上がっているものを一篇選ぶとなると、この作より他にはなかった。他の銓衡委員諸氏の驥尾《きび》に付して、この作品に一票を投じたゆえんである。

あとになって考えてみると、「小さな貴婦人」の受賞は、結局のところは、いささかの後味の悪さもない点に於て、最近でのいい銓衡ではなかったかと思う。

瀧井孝作

吉行理恵さんの「小さな貴婦人」は、縫いぐるみの猫の話で、この短篇の作者が、雲という名の愛猫を亡くし、代りにみつけた猫の縫いぐるみをめぐる日常が、いろいろ書いてある。小さな貴婦人というのは、この縫いぐるみの猫の名前である。短篇だが、文体に持味があり、読ませるものを持っている。うまいと思った。

木崎さと子さんの「火炎木」は、アメリカのカリフォルニヤに住んでいる人達の華やかな生活内容が、こころよく書いてあり、パーティの席で、赤ん坊が火炎木に注目する場面など、なかなかうまいと思った。前回に、「裸足」というフランスのことを書いていて、又、この「火炎木」のような題材を持っているのも、面白いと思った。

森瑤子さんの「傷」は、音楽家小説。長い、達者なものだが、この作者には、去年の一月の芥川賞候補にあがった「誘惑」という作品があって、イギリスのクリスマスのことを書いていたと思うが、これも、達者で、達者すぎると思った。

開高　健

七月初に用事があって十日間ほどアラスカにいた。予選通過の候補作八つのゲラを持っていってキャプテン・クック・ホテルの一室で読んだ。アンカレッジの天気はけっしてよくないけれど、空気が乾ききっているので爽涼、澄明である。それが何よりありがたかった。私は寒にも暑にも耐えられるけれど、湿に出会うと全身にカビの生えるような、とらえようのない憂愁に犯されてつらいのである。

これはと思える作品のあるときは候補作の数が少いのだが、アテのないときはむやみに数が多くなる。八作もゲラをわたされると、それだけで今回はどうやら不作らしいなと見当がつく。つぎつぎと読んでいくうちに予感が的中し、じめじめしたメランコリーが体内によどみはじめる。どれもこれも身辺の出来事をテーマとしていて、誰やらが死んだ、生まれた、生まれて死んだ、女とできた、別れたなど。心境小説と申すよりは身辺雑記である。毎回そうである。言葉に放射能がないから、焔でもなければ氷でもなく、何だか文学賞の審査員というよりは区役所の戸籍係りになったようである。前回も今回もけじめがつかず、おそらく次回もまたおなじことであろう。何トカナラヌカ！！！……

吉行理恵『小さな貴婦人』は素質もいいし感性の閃《ひら》めきもある。その点を認めることでは全員の意見が一致したが、授賞作とするかしないかで票が割れ、決をとってみると七対三で授賞作となった。残念ながら私は手をあげることのできなかった者の一人であるが、結果には拍手を送る。これからが大変だけれど、何はともあれ、おめでとう。

第八十五回芥川賞銓衡経過

第八十五回芥川賞銓衡委員会は、七月十六日午後六時から、東京築地の「新喜楽」で開かれました。

銓衡委員会には井上靖、遠藤周作、大江健三郎、開高健、中村光夫、丹羽文雄、丸谷才一、安岡章太郎、吉行淳之介の九委員が出席されました（瀧井孝作銓衡委員は病気のため欠席）。

候補作品は次の八篇でした。宮内勝典「金色の象」（文藝二月号）、小関智弘「祀る町」（文學界六月号）、吉行理恵「小さな貴婦人」（新潮二月号）、長谷川卓「百舌が啼いてから」（群像五月号）、木崎さと子「火炎木」（文學界四月号）、土田真澄「真澄のツー」（文学学校増刊号）、森瑤子「傷」（すばる二月号）、峰原緑子「風のけはい」（文學界六月号）。

これらの作品は昭和五十五年十二月一日から昭和五十六年五月末日までの六カ月間に発行された諸雑誌、同人誌、単行本約七百冊、二千数百篇のなかから予選通過したものです。約二時間におよぶ活発な意見が交わされた後、表記のごとく授賞作が決定いたしました。

受賞のことば　吉行理恵

お知らせをいただいたときはぼうっとしてしまいました。なんだか信じられませんでした。全くいただけるとは思っておりませんでした。

一日のうち頭が冴えているのはほんの短い時間で、そんなときは万年筆がひとりでにてきぱきと進んでゆくように感じられ、なにもかも忘れて爽快です。それ以外の時間はいくら机の前に坐っていても、捨ててしまう原稿用紙のほうが多くて、困っています。

すこしずつしか書けないうえに、もっと書けない状態にならないように健康に気をつけていきたいと思います。

思いがけず幸運が舞い込み、心から嬉しく思っております。

海豹《あざらし》

吉行理恵

一

玄関が開いた。出てみると、玄関続きの四畳間に父が酔っ払って寝ころんでいる。継母の充代はまた夫に新しい女ができたという噂を聞いて一週間ほど前から実家に帰っている。いま家のなかには私と父しかいない。

「お父さん」

「うーん、真子《まさ》か」

「お父さん、昼間から呑んでいたのね、お昼はちゃんと食べたの?」

「そういえばなにも食べてなかったな」

「二日酔いだって言って朝も食べなかったじゃないの。だめね、お酒で命を落としますよ」

「お継母さんと同じことを言うんだな」

父は酔っ払ってトラックに撥ねられたとき、見ていた近所の人の話では、「平気、平気行っていいよ」と、ニコニコして手を振ったそうだ。運転手はそのまま行ってしまい、父は一ヵ月以上も入院した。

「なにか食べたいものは？」

「わざわざ買いに行くことないよ」

私を見てぬっと立っている父は、どことなく耳の垂れた老いた犬に似てみえ、これが大学の先生かと私はふと頬笑んでしまう。

絹ごし豆腐と寒鰤を買って戻ってくると、父はまた酒を呑んでいる。

私がつくった食事を満足そうに食べている。——私を生んだ母のことを聞いてみたい、とたびたびおもったが、いまはそれは些細なことのような気がする。

父は低い小さな声でさして節のない歌をうたっている。

ポタリ　土の上に
小さな音が　ころがり落ちた
はてな　なんの音
ポタリ　また聞こえる
雨戸を開けてよくよくみれば
ハハハ　椿の花

実母は父の愛人だったが、私を生んで、三年くらいあとに死んだらしい。本妻の充代には子供がなかった。引き取られた時、私の名前は真子と改められた……。それまでは「ヒデヨ」と呼ばれていた。父と継母は恋愛をして結婚したのだが、一緒に暮しはじめてからうまくいかないことが分かったと父は言う。父は翻訳をしながら大学の講師をしているが、家で仕事をすることはほとんどない。

この家に来て間もなく私はおねしょをしてしまった。充代は私を風呂場に連れて行き、パジャマのうえから水をかけた。私はびっくりし、そのうえ、恥ずかしかった。

充代が実家から戻ってくると、今度は、父が外泊をするようになった。

「あなたを生んだ人は次々と男を変えたらしいわ、まるで売女ね。お父さんは人がいいから、いつもあんなだらしのない女につかまっちゃって！　あなたの顔はお母さん似なのかしら、お父さんはもっと愛嬌のある眼をしているもの……。あの人は、付き添い看護婦が用事があってちょっと出ているあいだに、運ばれて来た食事を食べて死んだのよ。本当はその日はなにも食べてはいけなかったのに。運が悪いというか、なにかの呪いか……」

私はうつむいて聞いているが、頬から首筋にかけて充代の視線を感じ、「母親のせいだ」と言いたいのだ、とおもった。私には頬から首筋にかけて母斑があり、髪で隠している。昨日、「その痣、前からそんなに濃かったかしら？　それほど気にならない時もあるのにね……。お腹の中にいるときにお母さんがよからぬことを考えると痣が出来ると言うけど。

でも、そんなこと気にしちゃだめよ。いつもほがらかにしていれば、そのうちいつかいい人が見付かるわよ」と充代に言われた。そのあと、私は自分の部屋の鏡に向かって、長いあいだ座っていた。

充代は家族の写真を簞笥の上に飾っているが、夫が浮気をしだすと、私の写真だけはずしてしまった。その中の笑っている私は、充代に似て撮れた。そのとき、充代は、「私になんか似ちゃだめよ。あなたにはしあわせな結婚をしてもらわなくちゃね。わたしのときはお父さんが文金高島田がいいからと言ったのでしたけど、あなたは白いベールを被った洋式がいいんじゃない」と、めずらしく明るく笑った。

冷蔵庫を掃除しているとき、充代から買い物を頼まれた。戻ってくると、充代は冷蔵庫の掃除をしながら、御用聞きに喋っている。

「若い人って、厭な仕事だとすぐ途中でほっぽり出すのよ」

その日、進一が電話をかけてきた。

「女性月刊誌のアルバイトならあるけど、真子さんには無理かな」

「わたし、やってみるわ」

先日進一と会ったとき、アルバイトをしたいと話した。
それを機会に充代のいる藤沢の家を出て、東京にアパートの部屋を借りた。

二

取材をし、その夜は、札幌の旅館に泊った。風呂から出て寝床に入ると、布団が薄汚れているような気がして、スカーフをすっぽりと顔に巻き、かけ布団がじかに当たらないようにした。

飛行機は二時間半ほど遅れて羽田に着いた。会社に寄り、夜十時すこし前にアパートに戻ると、二階にある私の部屋のガラス戸にギザギザの大きな穴が開いている。一階の管理人の部屋を訪ねると、頭にピンカールをした妻が出てきて、

「ああ、戸のことね、昨日十一時過ぎに、あなたの部屋を叩く人がいたのよ。最初はお知り合いかとおもって様子をみてたの。三十分も叩きつづけるじゃない、主人とみに行ったら、いつかの方とは別の男なので、交番に知らせたのよ。お巡りさんが来た時には、あの通りガラスを破ってたの。その人、昨日は留置されて、酔が醒めたら、自分がしたことぜ

んぜん覚えてないんですって。あなたとも本当に知り合いじゃないって言うし。その人、小学校の先生をしているんですって。みるからにまじめそうなのよ。ひどく恐縮しちゃって可哀相なくらいだったわ。近所に棲んでるんですって。主人たら、これもなにかの縁かもしれないからあなたと見合いさせようかだって、ホホホ、でも、真子さんには彼氏がいるんじゃない？　って言ったら、あんな派手な服着て髪が長い男より小学校の先生のほうがまだましだって言うのよ」

そう言って、私の腰のあたりを見ている。もうじき私は二十四歳になるが、あまり発育のよいほうではない。私は進一を部屋に入れたことは一度もないが、預かっていたギターを、急いで部屋の戸口で進一に渡し、送って行こうとして、階段でばったり管理人夫婦に会った。進一はロックのバンドに加わっており、これから演奏するので、派手な舞台衣装を着ていた。

「ガラス屋さんに頼んだんだけど、忙しいらしいのよ。まさか、こんなことが起こるなんておもってもみなかったけど、頑丈な中扉をこしらえておいてほんとうによかったわ」

と、管理人の妻は言う。私が管理人の部屋を出ると、一階と二階を繋ぐ階段に、四、五歳の少女が座っている。

「今晩は」

と私に声をかける。

「今晩は」

「あなた、お隣の人でしょう、あたし、知ってるの、あなたは?」

少女は大人びた言葉遣いをする。

「はじめて会ったような気がするけど……。こんなに遅くまで起きているの?」

「ママを待ってるの、ママ、二時頃戻ってくるの」

「寒いでしょう。部屋で待っていたほうがいいんじゃない」

「あたし麗《れい》」

少女は指で難しい字をすらっと書く。その字に少女の酷い太った顔が不釣り合いで、思わず笑いそうになり、慌ててくいとめて、自分の部屋へ入った。今夜は疲れていてこれ以上喋りたくない。

紅茶を飲み、机に向かった。明後日までに札幌の取材記事をまとめなければならない。しばらくすると、外で車の停まる音がする。笑ったり喋ったりする男女の声が混り合い、戸を閉める音、そして、左隣の麗の部屋から、風呂の湯を出す音が響いてくる。

朝方になって戸を叩かれているような気がした。ふらふらと起き上がり、はっとした。中扉を開けると、麗が立っている。破れたガラス戸を潜り抜けて来たので、足や手に血が流れている。

「どうしてこんなことをしたの！」

黙って私を見て、にたにたしている。

「早くいらっしゃい、手当してあげるわ」

麗はうきうきとした足取りでついてくる。

「ママが、いいお友だちが出来たんだから遊んでいらっしゃい、と言ったの。ねえ、いいでしょ、ここにいて」

「…………」

その時、私は胃が痛みだした。

「苦しいのね、あたし薬を持ってきてあげる」

自分の部屋から戻ってくると、麗は私の枕許に座り、子守唄を歌いだす。

眠れ　眠れ　母の胸に
眠れ　眠れ　母の手に
私はこんなに調子のはずれた歌を聞くのははじめてだ。痛さのなかで笑いをこらえて麗を見ると、まじめな顔をしている。すこしざらざらした声だが、ときどき突然、澄んで甲高くなるのがまた滑稽に聞こえる。

電話が鳴っているような気がして眼を覚ます。

「病気で出られません」

麗が電話を受けている。

「なに?」

「もう切っちゃったわ」

「誰だったの?」

「名前言わなかったわよ、『あんた誰? 真子さんって人の家じゃないの』と言ったわよ」

——進一ならそんなこと言う筈がない……。

「よくママにかけてくる人たちみたいな声だった」

「今度かかってきたら、名前を訊いてね」

「分かった」

また電話が鳴った。

「生井さんからよ、さっきの人」

「?」

ああ、あの男か……。

「出られないってことわって」

「もしもし、真子さんは病気で出られません」

生井とは飛行機のなかで隣合わせた。うとうとしていたら、揺り起こされた。私が床に落とした封筒を拾い、「へえ、あんたこんな大会社の人なの」と意外そうな声を出した。三十くらいの男で容貌に自信があるらしく妙にひとなつこかった。外国へはファーストクラスで行ったとか、有名人と知り合いだとかたえまなく喋りつづけるので、うんざりさせられた。知り合いの女優は頬に痣があるが、厚化粧で隠している、と言い私をうかがった。うとうとしているとき髪が動いて、痣がみえたのだ。生井は自分から名前を名のり私に名前を訊ねた。つい答えてしまったので、会社に問い合わせたらしい。

翌日の夕方、会社から戻ると、アパートの入口で麗が私の部屋の右隣に棲んでいる姉妹と話している。妹のハマコは二十歳くらいでひとなつこくて、会うと「ねえ、パーマかけたほうが華やかになるんじゃない」とか「あ、そのハンドバッグ売ってるとこ知ってるわ」とか即座に観察する。彼女は美容師、姉のヨシエはマッサージ師で、夜になってヨシエが仕事場に出掛けたあと、男がハマコを訪ねてくる。ハマコが男を部屋に入れるやドシン、バタンともの凄い音が響いてきて、私は二人の様子をおもい浮かべないわけにいかなくなる。まだ私はハマコの相手の男を見ていないが、蛇革のベルトをつけ、蛇革の草履をはき、入れ墨でもしていそうな男だと管理人の妻が言っていた。

「麗ちゃんのママ、真っ白いビロードのマントがとても似合うのよ、わたしもあんなマントが欲しいな」

と、ハマコは喋っている。麗はニコニコしている。その時、はじめて私は麗の左眼が灰色に濁んでいるのに気付いた。ヨシエが仕事に行ってしまうと、ハマコが、

「今夜暇なのよ、映画に行かない？」

「あたしも行く」

と、麗が言う。

「オーバーをとっていらっしゃい」

と私が言い、麗が部屋に入ると、ハマコが言う。

「麗ちゃん、赤ん坊のときオバアさんにおぶさってて、ピンが眼に突きささったんですって」

電車に乗ると、男がじっと見ている。私はひとりでに手が髪にゆき、痣が隠れているかたしかめてみる。ハマコはキャッキャッと笑いながら私の腕をぎゅっとつかみ、

「ねえ、あの男、さっきからじっとこっちを見てる、話しかけてくるかしら？　賭けない、千円」

私が子供だった頃、親戚の女から充代は私の痣を医者にみせるようにすすめられたが、一円玉くらいの大きさの濃い痣を取ろうとして顔半面が薄紫に染まってしまった人の話を聞いたことがあったので、ことわった。私は小学校に上がって間もなく、家が近所で一緒に通学している少女から痣のことを言われた。「あなたの家族ってみんなそんな汚いものが付いてるのかとおもったわ」その日、朝礼の時も、授業中も、休み時間もずっと痣を気にしていた。昼休みが終わって席に戻り、お河童の横の髪を引っ張って痣を隠そうとしていると、先生の鋭い声が響いてきて、はっとした。「なにをしているのですか?」他の生徒たちは最前列の鈴木という少女の席を取り囲んでいる。「鈴木さんのお財布がなくなったというのに」先生は鋭い目差を私に向けている。「お昼休みはどこにいましたか?」「運動場です」「ほんとうですか?」「はい」「なにをしましたか?」前日充代に買って貰った『風の中の子供』を抱えていたが、開かなかった。水道で水も飲んだし、ドッジボールに興じる生徒たちを、ぼんやりと眺めたりもしたが、痣のことが気になった。「教室にいたのでしょ」「!　――」「髪の毛はちゃんと耳にかけておきなさい」それから、先生は一人一人の机の蓋を開けて調べはじめた。私の席に来たとき、みな息を呑んでいるらしい。家に戻り、その日起こった事を話すと、その晩、充代は受け持ちの先生に手紙を出し、髪で痣を隠す許可を得た。毎朝、充代はコテを使い、私の横の髪をふくらませてくれた。

会社から戻ってくると、階段の上に、麗が座っている。

「真子さんお帰りなさい」

——困ったな、とおもった。明日までにまとめなければならない原稿がある。

「ママが、猫を飼うの」

「あら、ここで?」

「うん、いまはママのお友だちの家にいるの、お母さん猫のオッパイを呑んでるのよ。オッパイを呑まなくなったら連れてくるんだって」

「そう」

「ピンクの猫よ」

「え?」

階段の下で、管理人の妻が私を呼んだ。

「お父さんから来た現金書留を預かっているのよ」

管理人の部屋にゆくと、妻が言った。

「麗ちゃんのママ、パトロンがいるのよ、それなのにいつも男を連れて来て、こっちのほうがハラハラしちゃう。あの子は誰の子か分からないらしいわよ」

麗は、私の部屋の入口で待っている。原稿は夜中に書くことにして、麗を部屋に入れる。

次の日、会社から戻ってくると、ちょうど隣の部屋から放り出されてくる。麗はパンツをはいていない。

「どうしたの?」

「あたし、小父さんの帽子にちょっと触っただけなのに、『汚れるじゃないか』って怒ったから、帽子の中にオシッコしてやった」

「え……」

「小父さん、ママが帰ってくるの待ってるの」

麗を私の部屋で待たせ、近所の洋品雑貨屋で子供用のパンツを買う。

日曜日、麗は朝から私の部屋に居る。麗は顔が茶色くカサカサな皮膚になっており、小鼻の横に細長い疣が出来ていて、その先が、花が咲いたように白くひらいている。私はタオルを蒸して、麗に顔を拭かせ、自分が使っているクリームを渡す。すると、麗はクリームを舐めた。

「あ! 顔に付けるものなのよ」

「知ってるわよ。でも甘いもん」

アパートは丘の中腹に建っていて、部屋の窓を開けると、上手に墓地がみえる。

「麗ちゃん、あの墓地に行ってみない？」

「いいわよ」

墓地に着くと、麗は小鼻をピクピクさせる。

「なんの匂いかしら？」

「空気よ。なんだかほっとするわね」

——いま進一はどこにいるのだろう？　先週電話がかかってきたが、地方をまわっているらしい。

「土に花の種を蒔こうかしら……」

「ここに？」

「麗ちゃん、花屋さんに行ってなんでもいいから種を買って来てくれる？」

「うん」

三百円渡す。

「残ったお金でお菓子を買っていいわよ」

月曜日、私が女性月刊誌の記者武田豊子と歩いていると、車道を隔てた工事現場に、若い男が蹲まっている。進一かとおもった。——いまの進一はあんなよれよれのレインコートは着てない……。私は進一と高校時代同級だった。二人とも音楽クラブに属しており、進一の指揮でコンクールに出た時、私は数名に混ってハーモニカを吹いた。コンクールが近づいたころ、進一はノイローゼ気味で、まったく食物が咽喉を通らなくなってしまい、「すこしでも食べたら」と人からすすめられると、食べるが、「ちょっとすみません」と言って、どこかへ走って行き吐いてくるのだった。——あの頃の進一にそっくりだ……。若い男を懐しそうに眺めていると、武田豊子が訊いた。

「彼、知り合い？」

「いいえ」

「ああ、ビフテキが食べたいな！　でも高いから、ハンバーグにしよう」

武田豊子は潑剌とした声を出す。レストランに入り、私はジャム付きトーストと紅茶を注文する。

その日の帰り、満員電車の中で、誰かに手を握られた。その手が腰を撫でまわす。私は、ポケットに入れておいたマチ針の先を、痴漢の手に突きさし、電車から降りた。部屋に戻ると、すぐ電気を消して布団をかぶった。充代の声を思いだしている。「真子、痴漢が多いから、外出する時は、安全ピンかマチ針を持ち歩いたほうがいいわよ」

〈白い布を纏った男たちの行列がえんえんと続く〉夢から覚めると、寝汗をびっしょりかいている。時計は一時四十分をさしている。パジャマを取り替える。知らない男を夢にみると、悪いことのある前ぶれだと聞いた覚えがある。その日は祭日なので、正午ちかくまで眠った。

二、三十分本に向かっているが、頭が朦朧として進まない。甘い物でも食べればだるさがとれるかもしれないと考え、駅の売店でミルキーを買って戻ってくると、アパートから出て来た老婆に声をかけられた。

「真子さんでしょう?」

老婆はミルキーをちらっと見てニヤッとする。

「麗からお噂はいつも聞いてます。麗はあなたのこと好きらしいのよ。ときどき遊んでやってくださいね」

「はい」

「わたしはあの子とは相性が悪いんです。ほかの孫たちは電車に乗っていて、窓からテレビでお馴染のコマーシャルが書いてある看板を見付けたりすると、ちゃんと読むし、歌手の真似なんかするのに、あの子はあれはなんという木かなんてことにしか興味がないんですよ。わたしを軽蔑しているらしくて、話しかけてもいい加減にしか答えないし、今日だってわざわざ玩具を届けに来たのに、『ばばあ』なんて言うんです。ちっとも可愛くない」

——そういえば、麗は会うたびに真新しい玩具を持っている。だけど、愛情がないらしく、戸の外に置いておいたり、わたしの部屋に忘れていったりする。いや、忘れてゆくのではないのかもしれない……。「忘れ物よ」と言うと、「あげたのよ」と言う。「頂いたんでしょう、大切にしたら」と言うと、持って帰るが、別のを残していく。

麗の祖母が行ってしまうと、管理人の妻が出てきた。

「あのお婆さんは麗ちゃんのママの実の母親なのよ。孫に玩具を買ってきては娘からお金を貰って帰るのよ。あの人の着ている物をよく見ると、同じような色だけど、いつも別のなのよ。あれで相当高価な物よ。だから前はいい暮らしをしてたんでしょうけどね」

気分を変えようとしばらく散歩することにした。最近、墓地の傍に公園ができた。ブランコと鉄棒と小さな砂場があり、立て札に、「ここは主として小さな子供（児童）の遊び場です。この子たちの遊びをまず考えてあげましょう。木は草花は私たちに大切なもの、かわいがりましょう」と書いてある。私より若いとおもわれる母親が四、五人集まっていて、互いの子供を褒めあったりしている。どの母親もきれいに化粧し、余所行きにみえる流行の服を着ている。ブランコに乗っている子供、砂遊びをしている子供、母親の足に纏っている子供……その群から離れ、麗が一人しゃがんでいる。麗は土を掘りながら、通りかかった老人になにか話しかけている。老人が通り過ぎ、私が傍を通ると、麗は顔を上げ

ず、

「墓地へ行くんでしょう？」

と声をかけてくる。

「そうよ」

「あ、あなたでしたか！」

と言って顔を上げる。

二人は部屋に戻り、近くのスーパーマーケットで買ったインスタントラーメンをつくる。一袋四十円で麵、汁、支那竹、胡椒が入っており、近所の中華そば屋で食べさせるラーメンよりは美味しく出来上がる。

「食べたあとは十五分右を下に向けて横になるほうがいいのよ」

と私が言い、並んで横になる。

麗がくるりとこちらを向く。

「なに？」

「真子さんの顔がみえないから」

「だめだめ、むこうを向いて」

十五分経った。

「麗ちゃん、綾取りしない？」

「綾取りって？」

リリアンを持ってきて、綾取りを教える。

「これが川、橋。独りでもできるのよ、これは熊手……。今度は折り紙をしましょう。財布、だまし船、ここを持ってご覧なさい、ほら！　同じ形になった」

麗はみえるほうの右眼を輝かせる。

「おてだまは知ってる？」

「知らない」

「おはじきは？」

「知らない」

「今度家に帰ったら持ってくるわね。いま売っているおはじきはガラスが薄くて、水色や黄いろい線の模様だけど、わたしが子供のころには、部厚いガラスのもあって、わたしは紫や橙の無地のおはじきが好きだったのよ」

「ふーん」

電話が鳴り、進一の声が聞こえてきた。

「今度の日曜日お天気だったら、のんびりとどこかに行ってみないか」

その日曜日の朝、戸を開けると、進一と麗が並んで立っている。

「真子さん、進一さんよ」

「この子が階段にいて、名前を言わないと通さないって言ったんだよ」

「進一さんが動物園に連れて行ってくれるんだって」

「そんな約束したの？」

「通さないって言うもんで……」

動物園の看板がみえた。しかし、入口までの路には鳩がたくさん歩いているので、三人は、鳩をよけながらそろそろと歩いて行く。自動販売機で入場券を買い、動物園に入ると、まず、さまざまな鳥の檻が並んでいる。

「進一さん、鳥が好きだったわね」

「うん、ブリキで鳥の恰好をしたブローチをつくってさ、ペンキで塗ってお揃いで付けたっけ。でも、本物の鳥ってあんまり気持のいいもんでもないね」

見物している女の人が自分の子供を抱き上げて、ときいろコンドルに向かって言う。

「この子、餌にあげるわよ」

すると、麗が呟く。

「嘘つき」

その鳥の鋭い嘴を眺めていると、私はぞっとしてしまい、慌てて通り過ぎる。

ライオンは石垣の上で眠っている。ジャガーは、虚な眼をして檻の中を歩きまわっている。ピューマは寝ころんだまま時どき「ニャアオー」と喚いている。黒豹の緑色の眼が、私を見ている。麗はスケッチブックに虎を描いている。

「大きくてはみだしちゃう」

「ゆったりしているわね」

と私は進一に言う。

「いいな」

進一が答える。

カリフォルニアアシカは活潑に泳ぎまわるので、どんな姿なのかよくとらえることができない。それに比べ、似ているらしいが、ごまふあざらしは水面から顔を出すたび、鼻の穴を大きくひろげる。充血したような細い眼と立派な髭。もう一匹は腹をみせて眠っている。

海豹をみるのははじめてだ。先日、浅い夢のなかで「海豹海豹海豹海豹」と呼ぶ声が聴こえた。よっぽど痣のことを気にしているせいだ、とおもった。すぐ百科事典の「海豹」

の項を読んだ。

「海豹は一匹か二匹でいるんですって」

と、私は言う。

「このあいだ旅公演に行ったとき、『アシカラーズ』というあしかのショーをみたよ。アハハハ、おかしかったよ」

と、進一が言う。

みなみぞうあざらしは水から上がり眠っている。まるで、巨大なかつお節の固まりのような乾いた褐色の体に、薄い春の陽が三角に漂っている。

「でかいな」

「お化けだ」

と、見物している子供たちが騒いでいる。

「ぶああ、といって泳ぐんだよ」

と、父親が教えている。

部屋に戻り、もう一度、百科事典を読んでみる。しかし、海豹が群がらず一匹か二匹でいるとはどこにも書いてない。

「ラジオで言ったのかしら？　それとも夢の中で聴いたのかしら……」

独り言を言い、「海豹肢症」の項を読みはじめる。

その夜遅く、麗の部屋の戸をドンドン叩き、「開けろ、開けろ」と男が言っている。麗の母は別の男を部屋に入れているらしく、鍵をかけたまま、全然返事をしないでいると、「この売女、今日で終わりだ！　俺がやったテレビとプレーヤーとオーブントースターと絨毯と扇風機をいますぐ返せ」と怒鳴る。

私は電車の床に蹲まった。次の駅で降り、ベンチに座る。肌着が冷汗でしめってしまった。十代の終わり頃からたびたび貧血を起こす。先日、会社で貧血を起こしかけたとき、椅子に座ったまま我慢していた。そのうち胸のあたりを締めつけられるような苦しみが増し、――死んだほうがましとおもいながら意識を失った。気がついたら、会社の人たちが囲んで見物しており、私は床に倒れ、無様に脚をひろげていた。スカートをはいていたので、よけい恥ずかしかった。

アパートに戻ってくると、入口で管理人の妻に呼びとめられた。

「麗ちゃん、水の入ったバケツを頭に載せられて、部屋の外に立たされたんだけど、すぐひっくりかえしちゃってね、ビシャビシャなの。それでもまだ部屋に入れてもらえないのよ。昨夜、パトロンが来ちゃったでしょ、今日トラックが来て、荷物をたくさん持ってったのよ。だから、お母さんがヒステリーを起こしてとばっちりがいったんじゃないかしら」

私は墓地にゆき、一時間以上過ごし、アパートに戻った。麗がいなくなっていたので、ほっとした。電話が鳴った。

「あ、進一さん」

「元気？　郡山に来てるんだよ」

その時、戸を叩く音が響く。

「誰か来たみたいだね、手紙を書くよ」

と言い進一が電話を切ったので、戸を開けると、大人の手が麗を押す。祖母は挨拶もせず、階段を下りてゆく。

「オバアちゃんが、居るのに開けないって怒ってたよ」

と麗が睨む。

午前二時過ぎ、麗が帰り、やがて、麗を叱る声が壁越しに聞こえてくる。

眼が覚めると、また麗がいる。麗は椅子の上にまるくなって眠っており、恐い夢でもみているらしく、うなされている。麗を起こし、

「どこから入ったの？」

「鍵がかかってなかったもん」

「あら！」

ラジオのクラシック番組を小さな音で聴く。

いつもある場所に筆箱がないことに気付いた。二、三日前に掃除したときは、机の上にあった……。

「どんな筆箱だったの？」

麗が訊く。

「えーと、木で出来ていて、向日葵と猫の絵が描いてあるの。小学生のとき自分でつくったの。気に入ったので、大切にしていたのよ」

「ふーん、そんな筆箱があったなんて知らなかった」

と言って麗は寝台の下に潜り込む。

「ここにもないわよ」

二人で本箱を動かしてみるが、そこからも出てこない。

「神隠しみたい……。探すときにかぎって出てこないものなのね。そのうち、ふっとあるのね」

「きっと出てくるわよ」

と麗が慰める。

しばらく経った日、私は道で麗と祖母をみかけた。麗は祖母の後ろから腰をふりながらのたのたと歩いてゆく。

「早く」

と、祖母がうながす。すると、よけい麗の足は遅くなる。声をかけようとして、私は息を呑んだ。麗は私の筆箱を持っている。


次の朝早く、新しく取り付けた曇りガラス戸の向こうに、麗の形が映っている。

「開けて、開けてよ」

ドンドンと戸を叩きつづける。——開けたくない。私は堅い心でそう呟く。

「開けないか！　おい、開けろ」

——開けるもんか、と腹をたてた。しかし、小さな軀ごとぶつかって来て、ガラス戸を破るのではないか、とおそろしくなった。それから五分ちかく叩きつづけ、帰ったらしい。部屋から出ると、麗が泣きながら隣の部屋から出てくる。私を見て、一段と泣き声を張りあげる。

「ママ、ママ、ママ」

隣の戸の内から母親の低い声が聞こえてくる。

「外で遊んでなさいよ」

ガチャリと鍵をかける音。麗はよろよろと私についてこようとする。

「またね」

足を早める。

「麗はほんとうはあなたと一緒にいたいんだな……」

と、麗が後ろで呟く。

翌日、アパートに近いバスの停留所に麗が立っている。その横に真っ赤なセーターを着た女性が並んでいる。――麗の母だ……。麗の母に会うのははじめてだ。派手なセーターより先に麗に気付いたのが不思議だ。母親が振り返った。太った赭ら顔で、緑色のアイシャドーを濃く塗っている。どことなくハマコに似ている。つられて麗が振り返る。しかし、私の姿は、見えていないらしい。

「ママ」

と、母親の手を握って、バスに乗る。私に三歳の頃の記憶が甦ってきた。その日、居間に数名いて、実母は大きい火鉢で栗を焼いていた。ぱちっと栗が跳ねた。その瞬間、火箸を持った母がきらりと笑った。そのきれいな笑顔だけ鮮やかに脳裡に焼き付いている。居合わせた人たちの顔は一つも浮かんでこない。しかし、母がまるい顔か長い顔かどんな目鼻立ちかというようなことはまったく覚えていない……。私は実母の写真を持っていない。ただ一枚、赤ん坊の自分が這ってゆこうとするほうに、迎えている細い手首が写っている。それが母だとおもう。

三

「お継母さんが悪いんだよ。すまないが戻ってくれないか?」

電話の受話器から父の声が聴こえてくる。癌がひろがっていて手術が不可能らしい。女性月刊誌のアルバイトは代わりの人が見付かり半月ほどあとにやめることができた。本人には病名は知らせていないが、毎日、親戚の人たちが見舞いに来て、家のなかは賑わっている。

充代は自分の着物を親戚の娘たちに分けるからと言って私に皆が集まっている部屋へ運ばせた。

「あなたはいつもジーパンばかりであげても張り合いがないでしょう。好きなのをお取りなさいと言っておいてね」

それは結婚するときに新しく誂え、一度も袖を通していないものばかりだ。

「充代さんは『これは主人と劇場に行くときにいいでしょう。これは子供が生まれたときにお宮参りに』って私たちを羨ましがらせたものよ」

と娘たちの母親が言う。

病状が悪化すると、親戚の人たちは寄りつかなくなった。

充代がアイスクリームが食べたいと言い、私はデパートに出掛けた。充代の母親が死ぬ日、アイスクリームが食べたいと言ったが、当時は夏にしか売っていなかったので、料理屋に頼み、特別につくって貰ったと、以前、充代は私に話した。

家に戻ると、充代は痩せた背中をこちらに向けて座っている。——起きていて大丈夫なのかしら？……。

「買ってきました」

「すまないわね、そこに置いておいて」

振り向かず充代は嗄れた声を出す。

充代が死ぬと、親戚の人たちが集まり、形見わけをはじめた。親戚の娘が琴の爪をつまみ、ぱっと放す。

「これ、なーに、こんなものいらないわ」

娘の頃琴を習っていたと充代は懐しそうに私に話したことがあった。それを私はもとの小箱に収め、柩にそっと入れる。そして、台所にゆき、すこし泣いた。二、三年前の秋をおもい出した……。夕飯の仕度をしていると、停電になった。「関東配電に電話しますから、懐中電燈で照らしていてね」と、充代が言う。「すぐ工事にかかってくれるそうよ」しかし、一時間ちかく待ってもつかない。「こんな時、お父さんがいてくれたら」と充代は突然泣き出す。今度は私が電話をかける。「複雑な故障をしているんですって」それから三十分くらいあとに電気がついた。自分の部屋に戻り、本を読んでいたら、雨が降ってきた。すると、背中がぞくぞくした。慌ててブラウスのうえにカーデガンを羽織る。庭木戸が風にあおられるバタン、バタンという音が聞こえてきた。充代は太鼓とこの音が嫌いだ。――閉めてこなくては……。

玄関が開いたような気がした。出てみると、誰もおらず、紫陽花が置いてある。父の靴が脱ぎ散らしてある。父は外泊しており居場所が分からなかった。

子供のときから私は充代が選んでくれた本を読む習慣があった。高校を卒業すると、充代にすすめられて図書館に通った。独りでアパートに棲み、女性月刊誌のアルバイトをしていたあいだは根気よく本を読むということからは遠ざかっていたが、また図書館に通いはじめた。

ひさしぶりにもと棲んでいたアパートの近くまで来たので、管理人の妻を訪ねた。

「あら、真子さんなの、すぐには分からなかったわ。眼鏡をかけたせいかしら？　だいぶやつれたんじゃない？　でも、前より優しそうになったわよ」

「麗ちゃんはどうしていますか？」

「え？　ああ、あのへんな顔の子ね。あの頃の人たちはもう誰もいないのよ。あの子なら、施設にいる筈よ。お母さんが若い男と駆け落ちしてね。岡山の消印がある手紙が舞い込むまで、ママは旅行中なのって、あの子はハマコさんたちのところに入りびたりだったのよ。ハマコさんたち、一週間くらいあの子の面倒を見て、とうとう食費も貰えなかったのよ。麗ちゃんのオバアさんは、自分は子供たちの嫁ぎ先を転々としている身だし、もう年で育てられないって言い、結局、施設に入れられたの。ハマコさんに聞いたんだけど、麗ちゃんたら、寝る時、枕許にパンや袋菓子を置いておくと、朝になるまでに全部食べてしまい、自分では覚えがないって言うんですって。だから夢遊病じゃないかって。夜中に台所でゴソゴソ音がするので覗いてみたらあの子が冷蔵庫を開けて丼鉢に山盛の冷飯を手づかみで食べていたんですって」

管理人の妻は喋りつづけている。――麗は小学校に上がる年頃になっている筈だが、どんな少女になっているだろうか……。私は暗い気持になった。

そのあと、丘を登り、墓地に行ってみた。たしかにこのあたりに、麗と花の種を蒔いたとおもうがなにも生えていない。それは、芽を出し、花を咲かせ、そして枯れていったのだろうか？　はじめから芽は出なかったのかもしれない……。そんなことを考えながら丘を下りてゆく。

四

父は手帳のあいだから写真を取り出した。

「どうだい、いい女だろう」

「そうね、どことなくお継母さんに似ているじゃない」

あまり見ずに適当な答をしてしまった。

「いや、お前を生んだお母さんに似ているんだよ。弱々しいからついていてやらないと」

咲子（写真の女）は初対面の私に、「あたし、幾つにみえる？」と訊いた。黙っていると、「二十二」と言った。父からは三十五歳だと訊いたが、華奢だし、髪を肩のあたりで切り揃えているせいか二十二にみえないこともない。短いスカートをはき、膝小僧を合わせずに座り、私と父をじっと見ている。父は照れている。私は視線をそらす。

その夜から咲子は帰っていかない。咲子は父が読んでいる新聞めがけて「パパ、食べなさいよ」と、アンパンを放る。

私が外から家に戻ると、玄関で咲子が父の友人山口の手を引っ張って家に上げようとしている。山口は父をたずねてきたが留守なので帰るつもりらしい。私は木の蔭に隠れる。

「いいじゃなあい、待ってなさいよお」

「出直してくるよ」

充代の部屋を掃除しようと襖を開けた。咲子が箪笥の抽斗を開けている。

「なんか着るものあるかとおもったら、なんにもないのね」

「ええ」

「あたし、真子さんとおんなじ」

「え?」

「あたしたちって全然お色気ないもんね」

私はおもわず眉間に皺を寄せてしまった。すると、咲子は急に意地の悪い眼を向け、

「あたし、真子さんのこと観察してんの。どうしてだか分かる? お父さん、真子さんの

こととても好きだから、あたしも真似しようとおもってね」

そう言って、ニコニコしながら私の顔をじっと見る。私は部屋から出ようとする。その瞬間、咲子は、

「誰かとおもった。写真写りがいい人って得ね」

充代は夫の浮気がはじまると、箪笥の上に飾ってあった私の写真を、抽斗にしまったのだ。

私が洗濯をしていると、咲子は、父と咲子の寝間着を二つ一緒にまるめて、

「ついでに洗っといて」

と置いてゆく。

或る日、二通郵便物を受け取った。一通は進一からの絵葉書で、「ちかく結婚します。元気がよくてとても明るい人です。真子さんとも友だちになれると思います」と書いてある。もう一通は付箋付きの封書でアパートに届いた物が転送されてきた。中から一枚絵が出てくる。「がっこうでえをかきました。せんせいからさんじゅうまるをもらいました。麗」

そこには私が筆箱に描いた向日葵と猫が描かれてある。

兄と私／妹のこと

吉行和子

兄と私

病気ばかりしていた兄ですから、具合が悪いのが当り前みたいになってしまい、今日はちょっと声の出がいい、と言うだけで嬉しくなって、電話でですがつい長話をしてしまい、やっぱりお兄さんっていいナ、と幸せな気分になってしまうのです。

お兄さんっていいナ、と思えるようになったのは、ついこの数年です。兄は好きですし、素敵な人だとは思っていましたが、お兄さんという感じで安心して付き合うところまではいっていませんでした。

私たちは十一歳ちがいです。

このちがいはかなり重く、兄の世界に首を突っこんではいけない、みたいな気持でいました。お兄さんのいる人はいいナ、と友達を羨ましく思いました。

十代の終り頃だったと思います。兄は畳の部屋にレールを敷きつめ、機関車を走らせる遊びに熱中していました。私も一緒に遊びたくて、少し開いている障子のところに立ちどまってみるのですが、見向きもしてくれません。廊下を行ったり来たりしてみましたが、もう夢中です。機関車は完全に兄の世界のものです。

私は夢を見ました。その機関車に乗ってはしゃいでいるのです。兄は私など気にもしないで、動いている機関車を監視するように真剣に見ているのです。

その話をしようと思いながら、いつも忘れていて、とうとうしませんでした。多分、あれは子供の遊びじゃないからね、と答えるような気がします。

街を歩いていたとき、一緒に歩くなどということはほんとにめずらしいのですが、途中で、じゃ、ちょっと、とさっさとゲームセンターの中へ消えてしまうのでした。

ソフトクリームというものを初めて食べたのは兄とです。どうしてそういう破目になったのかまるで覚えていませんが、窓際のテーブルに向い合って食べました。「ローマの休日」が封切られて、オードリー・ヘップバーンが美味しそうに食べていた、あのおかしな形のアイスクリームです。いざ自分が手に持って、どうやって食べていいのか分らなくて、チラッと兄を見ると、兄も困ったような顔をしてクリームをじっと見ていました。それっきり兄の方は見ないで、自分で考えて食べました。入れものは食べていいのだろうか、最中みたいだから大丈夫、でもどこまで食べていいのだろう、と下を向いたまま考え込んでいるので、クリームが溶けてきます。思い切ってかぶりつくと頬にくっつきます。とりあえず食べ終り、ほっとして兄を見ると、彼も照れくさそうに笑いながら、キミとでよかったよ、こりゃ女と食べるものじゃない、と言いました。

私も歳をとり、兄との年齢差が少なくなったようで、たわいない話が出来るようになりました。会うことは滅多にありませんが、電話ではよく話しました。朝早く電話をかけてきて、目が覚めちゃってね、こんな時間、キミしか電話出来ないだろ、いま、いいかい、などと言う日もありました。

ほんとにどうという話ではないのですが、安心して思いつくまま喋れるというのは楽しいものです。

入院すると、母と私は、まるでピクニックに行くみたいに、うきうきとお見舞いに行きました。妹が兄の好きだといっていた食べものを思い出し、買い出し係をつとめます。あんまり沢山持ってくるな、と苦情を言われたこともあります。食欲が無くなってきた頃には、母はしらす干しを細かく刻んで小さい瓶に入れて持って行きました。それでも、まだうきうきしていました。兄は、母の着ているブラウスが似合うと褒めたりするので、大喜びです。

今朝も母からのメモが入っていました。何かあると、新聞のチラシの裏に、筆ペンの大きな字で手紙を書くのです。「どう考へても私のやうなバカな親はいません。淳が入院すれば会いに行けるから嬉しかつたり、治療の為なのだから必ず治ると思ひ込んだり、淳が死ぬなどといふことは一度も考へたことがありませんでした。あまりのバカさ加減に、毎日泣けて仕方ありませんよ」と書いてあります。母には病気の名前は知らせませんでした。可哀そうだから黙っていよう、と兄が言ったからです。

七月に入ると、兄は、ぱっちりと目を開けて、一点を見ていることが多くなりました。その目は頼りなげで、とても幼く見えました。私はお姉さんになったみたいな気持になり、そんな兄を見つめていました。

38歳ごろの淳之介と母・あぐり。吉行あぐり美容室で。

妹のこと

二〇〇五年十二月十五日、理恵の甲状腺癌に手術は成功しました。「少し残っていますが放射線治療もしなくても大丈夫です。後は薬だけで直していきましょう」と心から嬉しそうに医師は報告して下さいました。甲状腺癌というのは優しい癌だそうです。病院嫌いの妹は、かなり遅かったのですが、それでもこういう朗報を受けたのでした。

五日後くらいに、詩が書けたのよ、と理恵は言いました。若い頃はずい分書いていた詩が書けなくなり、もう諦めている様子でした。理恵の詩はいいのにね、と残念がると、仕方がないわ、だってどうしても書けないんだもの。でもうんと年取ったらまたかけるようになりかも、と私が言い、そうだといいんだけど、などと話したことがありました。

その詩が急に書けたらしいのです。「夢を見たのよ。お墓があって、皆んなでその周りに花を植えているの。いろんな色の花、土を掘ってね。綺麗なのよ、でもバルと私は上からその光景を見ているの」「ふーん、なんかよさそう、見せてよ」「家の帰ってちゃんと仕上げてからね」「楽しみだわ。これからどんどん書けるといいわね」「うん、なんかそんな気がする」。

バルとは昨年死んだ猫の名前です。こんな長閑な会話をしたのは十年ぶりくらいです。この間彼女は書こうとしている小説の一部分がどうしても気にいるように書けなくて神経質になっていました。大雑把な私は、だから、そこのところは後まわしにしておけば、などと言い、妹は呆れて、お姉さんにはついていけないわ、アナタと話していると頭がこんがらかるから当分電話もしないでね、などと怒られてしまっていたのです。

理恵ほど神経の細かい人間を私は知りません。それでも狂わないでいられるのは、余程強靭な精神をもっているのでしょう。自分を律する力には驚くばかりでした。

病室での理恵は明るく、二人はよく笑いました。いい年をして、こんなゲラゲラ笑って話しているなんてバカみたい、と言って過ごしました。この机の高さが書きいいのよ、と言うので同じのを部屋に置こうね、と寸法を計ったりもしました。

しかし、本当に稀な例なのだそうですが、大成功と言われてから一ヶ月もたたない時期に、突然、あと二、三ヶ月です、報告がされてしまったのです。血が引いて行くという感じを体験しました。

妹には「やっぱり放射線治療をした方がいいからもう少し体力がつくまで入院するんですって」と言うと、驚いた様子はありませんでした。私としては、治ると信じたままにしておきたかったのです。

そんな時、母が転んで骨折しました。救急車で入院、高齢だから手術は無理かも、しかし、このまま寝ていては、百パーセント惚けます、と悩んだ医師も決意して手術。母は驚く程回復し、周囲に元気を与えました。さすが〝あぐり〟さんと賞賛されたのです。

理恵も心配していたのですが、結果を知りほっとしていました。

お姉さんもたいへんね、可哀そう、と私を慰めてくれました。

時間はどんどん過ぎて行っています。

病室で着るブラウスが欲しいと言うので、彼女好みの地味な綿シャツを二枚買って行くと、これはステキ過ぎるから家に戻ってから着ることにする、と言ったり、ああ、治ると思ってくれているのだ、とほっとしたり……。

医師の言葉よりは長かったのですが、緩和ケアの行き届いた病院でそれほど苦しまなかったのが救いでした。

最後の日、何度も目を開けて私を見ました。「大丈夫よ、側にいるからね」と言うと、頷きました。小さい頃から、私たちはこうやってお互いを頼りにして来たなあ、と様々のことを思い浮かべました。言葉を交わすことも、行動を共にすることも少なかったのですが、私たちは正真正銘、仲のよい姉妹でした。

理恵は二〇〇六年五月四日、この世からいなくなりました。

吉行淳之介　略年譜

１９２４年（大正１３） 岡山市に父・吉行エイスケ（新興芸術派の作家）、母・安久利（あぐり・美容家）の長男として生まれる。妹・和子、理恵子がいる。二歳の時両親が上京、東京・麹町で育つ。

１９４０年（昭和１５） 腸チフスにかかり入院。

１９４２年（昭和１７） 麻布中学を卒業し、旧制静岡高校（現静岡大学）に進む。

１９４４年（昭和１９） 徴兵検査で甲種合格となったが、召集前に終戦となる。

１９４５年（昭和２０） 東京帝国大学文学部英文科に入学。５月空襲で自宅を焼失。

大学の授業にはあまり出席せず、新太陽社で編集アルバイトをする。

１９４７年（昭和２２） 大学を中退し、新太陽社に入社。「モダン日本」「アンサーズ」などの雑誌の編集記者になる。

１９４８年（昭和２３） 『花』（新思潮）『藁婚式』（文學會議）に発表。

１９５２年（昭和２７） 『原色の街』が芥川賞候補作になる。その後『谷間』『ある脱出』が候補にあがる。結核と診断され会社を休職、５３年退社。

１９５４年（昭和２９） 『驟雨』その他により第３１回芥川賞を受ける。病状が悪く授賞式には出席できなかった。受賞を機に作家生活に入る。同世代の作家である遠藤周作、安岡章太郎、三浦朱門、近藤啓太郎らとともに「第三の新人」と呼ばれた。

１９７９年（昭和５４） 日本芸術院賞受賞。１９８１年日本芸術院会員となる。

数々の病気を克服し、執筆活動を続ける。数々の文学賞の選考委員をつとめた。文学界新人賞、文藝賞、太宰治賞、芥川賞、泉鏡花文学賞、川端康成文学賞、谷崎潤一郎賞など。

１９９４年（平成６） 死去（享年７０歳）

吉行理恵　略年譜

1939年（昭和14）　東京千代田区で父・吉行エイスケ（新興芸術派の作家）、母・吉行安久利（あぐり・美容家）の二女として生まれる。兄淳之介（作家）、姉和子（女優）。

1951年（昭和26）　番町小学校卒業、私立女子学院入学。

1957年（昭和32）　早稲田大学日本文学科入学。在学中より「ユリイカ」に詩を投稿。卒業後本格的詩作活動に入る。

1963年（昭和38）　詩集『青い部屋』を刊行。

1965年（昭和40）　詩集『幻影』を刊行。

1967年（昭和42）　詩集『夢の中で』を刊行。これにより第8回田村俊子賞を受賞。

1971年（昭和46）　童話『まほうつかいのくしゃんねこ』を刊行。第9回野間児童文芸推奨作品賞を受賞。

1973年（昭和48）　第一創作集『記憶のなかに』（収録作「記憶のなかに」「雲のいり空」「薬子はどこへ」「背中の猫」）を刊行。

1975年（昭和50）　『男嫌い』を刊行。現代詩文庫『吉行理恵詩集』を刊行。

1981年（昭和56）　『小さな貴婦人』で第85回芥川賞受賞。兄妹で芥川賞を受章した最初の事例として話題になる。

以後、詩人、小説家として猫を題材にしたものを作品としてを発表し続けたが寡作であった。

2006年（平成18）　病気のため死去（享年66歳）

驟雨《しゅうう》・小《ちい》さな貴婦人《きふじん》　吉行淳之介・吉行理恵芥川賞作品集

二〇二二年一一月二〇日　初版第一刷　発行

著　者　吉行淳之介・吉行理恵
発行者　伊藤良則
発行所　株式会社　春陽堂書店
〒104-0061
東京都中央区銀座3-10-9　KEC銀座ビル
電話　03-6264-0855(代)

印　刷　ラン印刷社
製　本　加藤製本株式会社

ISBN978-4-394-90407-6　C0093